将軍家の妖刀

小言又兵衛　天下無敵2

飯島一次

時代小説

二見時代小説文庫

目次

将軍家の妖刀——小言《こごと》又兵衛 天下無敵 2

第一章　帰ってきた男

一

やあっ、やあっ、やあっ。

激しい気合に枯葉がはらはらと舞い落ちる。

庭で木剣を打ち合う男女。男は若くはないが、腕も脚も骨太で、岩山のごとく頑健である。襷《たすき》がけの女は長身で、まだうら若い。

「きええいっ」

男の振り下ろした木剣の切っ先が、女の美しい額、わずかのところでぴたりと寸止《すんど》めされる。

「よしっ、今日はこれまでじゃ」

「ありがとうございます」

女は顔色ひとつ変えずに頭を下げる。

「うむ、お妙《たえ》、なかなかよいぞ。精進《しょうじん》いたせ」

「ははあ」

石倉又兵衛《いしくらまたべえ》は汗ひとつかかず、ひとり座敷へと戻った途端《とたん》、

「くあああああ」

顎《あご》が外れんばかりの豪快なあくび。

それにしても、退屈じゃのう。

暮らしに困らぬ隠居の身分で、閑《ひま》を持て余しているのである。

世間では五十を過ぎると老人扱いだが、今年五十歳になる又兵衛、まだまだ若い者に体力も気力も負けてはいない。

人間、齢《よわい》を重ねると、融通がきかなくなり意固地《いこじ》で不機嫌な頑固爺《がんこじじ》いになるか、あるいは角《かど》が取れて丸く穏やかな好々爺《こうこうや》になるか、たいていどちらかだ。ところが又兵衛は全然丸くはならず、ますます尖《とが》ってきた。

謹厳実直、質実剛健、清貧で贅沢《ぜいたく》を好まず、日々の鍛錬《たんれん》を怠らず、自分に厳しいが、他人にも容赦《ようしゃ》がない。曲がったことがなにより嫌いで、気になること、気に入らぬこ

とを黙って見過ごせず、つい口に出てしまう。

人呼んで小言《こごと》又兵衛。いつからか、周囲にそんなあだ名をつけられた。

直参旗本《じきさんはたもと》の家に生まれ、二十五で御書院番《ごしょいんばん》に出仕した。お城勤めの際は、相手が同輩であろうが上役であろうが、思ったことをずけずけ言うので、煙たがられた。

英明な八代将軍吉宗《よしむね》公は又兵衛の実直さを気に入り、たとえ忠言であっても相手を傷つけ、恨《うら》みを買うこともあるので留意せよと戒《いまし》めた。将軍直々《じきじき》にあだ名で呼ばれ、又兵衛の武骨ぶりはますます広まったのである。

やがて、将軍家が九代家重《いえしげ》公に代替わりした。その折、西の丸から来た若い小姓の不作法を咎《とが》めたら、相手が理屈をつけて言い返す。見苦しい言い訳ほどいやなものはない。

「黙らっしゃい」

人前を憚《はばか》らず小生意気な小姓を叱《しか》りつけた。武芸百般のいかつい荒武者《あらむしゃ》又兵衛にぐっと睨《にら》みつけられ、相手は悔《くや》しそうにすごすごと引き下がった。

五月《さつき》の鯉《こい》の吹き流しで、又兵衛は腹にはなにも残らないが、向こうはどうやら根に持った。新将軍お気に入りの小姓らしく、それがもとで後日、又兵衛はお役御免を言い渡される。口は災いのもと、吉宗公の戒めが頭をよぎったが、詮《せん》ないこと。以後、ずっと無役《むやく》で通した。

四年前、四十六で石倉家の家督を娘婿《むすめむこ》の源之丞《げんのじよう》に譲り、本所柳島町《ほんじよやなぎしままち》の隠宅に引きこもって、無聊《ぶりよう》をかこつ毎日である。

若い頃から剣術の稽古《けいこ》がなにより愉《たの》しみで、今でも閑があれば、庭で木剣を振るっている。さきほども女中のお妙を相手に庭で打ち合った。めきめきと腕をあげていて女ながら頼もしい。

それはいいのだが、どうも以前ほどしっくりこない。なぜであろうか。なにをしても物足りず、つい、退屈のあまり大きなあくびが出てしまうのだ。

「大殿様」

廊下で間延びした声がして、唐紙《からかみ》がすうっと開いた。小者の三助《さんすけ》がかしこまっている。

「なんだ。呼んでおらんぞ」

「はい、呼ばれておりません」

なにがおかしいのか、いつもへらへら笑っている。

今年二十五の若造で、ちょうど歳は又兵衛の半分。四年前、又兵衛が番町《ばんちよう》の屋敷から本所に移った際、奉公人は女中も下男もだれひとり同行したがらなかった。気難しい隠居にがみがみと毎日小言を言われるぐらいなら、お暇を頂戴したいと。

そんな中で、三助ひとりが物好きというか、怖いもの知らずというか、自ら買って出て、又兵衛の身のまわりの世話をしている。あまり気が利《き》くほうではないが、どういうわけか馬が合うらしい。

「大殿様、お寒うございますねえ」

「馬鹿者っ。冬が寒いのは当たり前じゃ。決まりきったことをわざわざ言わずともよい」

「はあ」

小柄《こがら》なわりには、顔は大きく、顎が細くて、額が広い。茄子《なす》かへちまを逆さにしたような造作《ぞうさく》で、又兵衛は三助の顔を見ると、つい不機嫌なのも忘れて、頬が緩《ゆる》む。

「ふふ、おまえはわざわざそんなことを言うために、呼んでもおらぬのに、まいったのか」

「はい、寒くなってまいりました。なにしろ、十一月でございますから」

陰暦十一月は冬の最中《さなか》である。とはいえ、又兵衛は日頃鍛えているので、寒さはまったく気にならない。

「若いくせにひ弱いのう。暑さ寒さなど、なんでもないわい。それとも、わしと剣術の稽古をする気になったか。お妙はなかなか上達したぞ」

「いえいえ」

三助はあわてて手を振る。がみがみ言われるのは平気だが、剣術の相手だけは苦手《にがて》なのだ。

「そればっかりはご勘弁を」

「身内《みうち》から温まるぞ」

「弱ったな、どうも。ですから、大殿様、今は十一月でございますよ」

「なにをぐだぐだ言っておるのだ。十一月がどうした」

「ですから、十一月といえば」

「酉《とり》の市か」

「いえ、そうじゃなくて」

又兵衛は首を傾げる。

「七五三か。市太郎《いちたろう》の袴着《はかまぎ》は二年前に済ませたぞ」

市太郎というのは今年七歳になる又兵衛の孫である。もともと娘夫婦とは反《そ》りが合わず、家督を譲ってからは、滅多に番町の屋敷には近寄らない。が、孫の袴着だけは、祖父として祝いにおもむいた。

「違いますよう。大殿様、十一月といえば」

三助は身をもむようにする。

「わしははっきりせぬ男は嫌いじゃ。言いたいことがあるのなら、さっさと申せ」

鋭い眼光でぐっと睨みつける。

「はっ、では申し上げます。十一月、三座の顔見世《かおみせ》が始まっております」

「顔見世。なんだ、芝居か」

又兵衛は気がなさそうに呟《つぶや》く。

えっ、大殿様、どうしたんだろう。三助はぽかんとした。

「ふん、馬鹿め。十一月、十一月と繰り返しおって。芝居なら芝居と、最初から言えばよいのじゃ」

芝居の一年は顔見世で始まる。一年を通しての役者の顔ぶれや作者名が小屋ごとに披露されるのが十一月であり、江戸中の芝居好きにとってはわくわくする時期なのだ。

実をいうと、又兵衛、芝居に目がない。初めて見たのが三年前、隠居所の近く、亀戸天神《かめいどてんじん》の境内で興行していた宮地芝居《みやちしばい》をたまたま覗《のぞ》いたのがきっかけだった。

番町で生まれ育ち、お城と屋敷を往復するばかりで、町人の住む町場に足を踏み入れることなどほとんどなかった。芝居というものがあるのは知っていたが、芝居町は悪所《あくしょ》、そんなものは武家とは無縁の下賤《げせん》でいかがわしい見世物だと思っていた。閑を持て余す本所の隠居暮らし。参詣《さんけい》のついでに何気なく覗いた亀戸天神の粗末な小屋掛け。これがことのほか面白く、感銘を受けたのだ。

鍵屋《かぎや》の辻、荒木又右衛門《あらきまたえもん》の仇討《あだう》ちを題材にしており、そこには泰平の世に失われつつある武士の心が描かれていた。

いたく感心した又兵衛に、町場育ちの三助が芝居町の人気の出し物を勧める。それが中村座《なかむら》で上演中の忠臣蔵《ちゅうしんぐら》だった。

正義のために悪と戦い、剣に生き、剣に死ぬ武士の定め。なんと雄々《おお》しく、美しく、気高いことか。又兵衛は忠臣蔵の義士に心打たれ、芝居に病みつきとなってしまった。それからは、評判の新作が掛かるごとに、堺町《さかいちょう》の中村座、葺屋町《ふきやちょう》の市村《いちむら》座、木挽《こびき》町《ちょう》の森田《もりた》座と、芝居小屋に通い続けるようになった。ことに仇討ちを題材にした忠臣蔵や曽我《そが》ものは欠かさずに見に行く。

ところがである。今年の顔見世が始まっても、又兵衛はいっこうに芝居のことを言い出さない。

三助は自分も芝居好き。お供の芝居見物がなにより楽しみだったのに。いったい、どういうわけなんだ。そこで、顔見世を思い出していただくために、十一月、十一月と繰り返したのだ。

「のう、三助よ」

「はい」

「わしは顔見世のこと、すっかり失念しておった」

「さようでございましたか」

三助は驚く。大殿はまだ五十、物忘れが始まる歳でもないのだが。

「今年の三座の顔見世、いかような趣向か存じおるか」

「さあ、まだ始まったばかり。詳しいことはわかりませんが、なにしろ顔見世でございますからねえ。三座いずれ劣らず凝《こ》っておりましょう」

「忠臣蔵は流れたようじゃな」

又兵衛が顔をしかめる。

「はあ、さようでございます」

「わしは忠臣蔵が見たかった」

赤穂《あこう》浪士の討ち入りは元禄《げんろく》の世から数々の芝居に仕立てられている。数年前に上方《かみがた》の浄瑠璃《じょうるり》『仮名手本《かなでほん》忠臣蔵』が大当たりとなり、以後は討ち入りといえば忠臣蔵、江戸でも人気の芝居となって何度も繰り返し演じられている。

実は今年の顔見世は三座そろって新しい工夫で忠臣蔵を競いあうのが前評判であったが、いずれも取りやめとなった。

どうしてか。

ふた月前のこと、護持院ヶ原《ごじいんがはら》で大がかりな仇討ちが行われた。駿河《するが》で結城平右衛門《ゆうきへいえもん》を闇討ちした谷垣玄蕃《たにがきげんば》が江戸で名を変え両替商となっていたのを、平右衛門の遺児、結城小太郎《こたろう》が討ち取り大評判となった。

卑劣な谷垣玄蕃は小太郎を返り討ちにせんものと、金にあかせて不逞《ふてい》の輩《やから》を多数雇い入れ、忠臣蔵を思わせるそろいのだんだら羽織、火事装束《しょうぞく》で堂々と護持院ヶ原に現れた。これではどちらが討手《うって》でどちらが敵《かたき》かわからない。

多勢に無勢、小太郎危うし。ところが、小太郎に加勢した武士が恐ろしく強かった。まるで鬼神である。義士の扮装の敵をばったばったと斬り捨てたのである。

数をたのんで襲いかかる卑怯《ひきょう》な赤穂義士たちを正義の剣士が一人残らず退治して、見事、小太郎は悪人谷垣玄蕃を討ち取った。竹矢来《たけやらい》の外で見ていた群衆は大喝采。めでたし、めでたし。

ところが、めでたくないのが、忠臣蔵を準備していた芝居の座元たちだった。義士の人気ががた落ちとなったのだ。

ばったばったと斬られる赤穂義士。

だいたい、忠臣蔵なんて考えてみると変な話だ。鎖帷子《くさりかたびら》で武装した浪人たちが、徒党を組んで真夜中に押し込み、寝込みを襲って、たったひとりの老人を四十七人で寄ってたかって殺して首を切り落とすなんざあ、卑怯だよ。元はといえば、浅野内匠《あさのたくみ》という乱心者が殿中《でんちゅう》で見境なく刀振り回したのが悪いんじゃないか。浅野は法を犯した罪人として、公儀から切腹を命じられた。それなのに、浪人となった家来たちが討ち入りとはとんだ逆恨みだ。

世間ではそんなことを言い出す始末。これじゃ、忠臣蔵は当たらないだろう。ほとぼりが冷めるまで、しばらく舞台に掛けるのはよそう。というわけで、今年の顔見世は忠臣蔵は掛からなくなったのだ。

そして、なにを隠そう、結城小太郎に助太刀《すけだち》して、赤穂義士を次々と斬り殺した鬼のごとき荒武者こそ、石倉又兵衛その人なのだ。

三助、はっとする。

そうか。そういうことだったのか。あれほど芝居に夢中になっていた大殿様が、熱が冷めたごとく顔見世にさほど心動かされない。つまり、所詮《しょせん》、芝居は絵空事《えそらごと》にすぎない。ほんものの仇討ち、あの悪人退治が忘れられないのだな。

だが、この世の中、仇討ちなんてそうざらにない。それで退屈で退屈で、毎日、大あくびなんだ、と。

「顔見世、お気に召しませんかねえ」

「忠臣蔵がないとなると、つまらぬのう」

「正月には曽我が掛かりますが、なんといっても顔見世、そう外《はず》れることはないと思いますが」

「おまえ、芝居に行きたいのだな」

三助は首筋を撫《な》でる。

「へへへ、わたくし、あの界隈《かいわい》で生まれ育ちましたので、看板を見上げるだけで、心が躍《おど》ります。それに、芝居町はなんと申しましても悪所でございます」

ここを強調する。

「悪所には不逞《ふてい》の輩《やから》がうろうろしておりましょう。また、往来で悪人にいじめられている者がいるかもしれません。それを助けたら、ほんものの仇討ちになって、ばったばったと悪人どもを斬り捨て成敗できるような」

「馬鹿馬鹿しい。そのようなこと、たびたびあるわけがなかろう」

と言いながらも、又兵衛の目に光が帯びた。

そもそも護持院ヶ原の仇討ちのきっかけとなったのが、芝居町の往来で暴漢に襲われていた結城小太郎とその姉のお妙を又兵衛が助けたことによる。

「うーむ」

しばし思案の又兵衛。

「そうじゃな。退屈しのぎに、久々に芝居を見るのもよかろう」

「はいっ」

「お妙はどうしておる」

「はあ、さきほどの稽古のあと、台所の片づけかと」

弟が本懐《ほんかい》を遂げたのち、お妙はそのまま又兵衛の隠宅にとどまり、今は女中として又兵衛に仕えている。これが思いのほかの働き者で、掃除、洗濯、食事の支度、痒《かゆ》いところに手が届くような気配りで、三助はいささか手持ち無沙汰。

「お妙は芝居をまだ見たことがないと申しておったな。見せてやろう。よし、三助。おまえはこれから芝居町におもむき、どのような演目が掛かっているか、評判を調べてまいれ」

「え、今から」

「どうせ、家の中のことは、気の利かぬおまえと違い、お妙がなにからなにまでやっておる」

いやだなあ。でも三助はうれしそうに頭を下げる。

「なにをもたもたしておるか。日は短いぞ。善は急げじゃ。早く行け」

「ははあ」


友蔵《ともぞう》は周囲に目を光らせながら、ゆっくりと歩いていた。尻端折《しりはしょ》りに黒い股引《ももひき》、帯に差し込んだ房のない十手《じって》。

「親分、ご苦労さんで」

通りすがりのお店者《たなもの》が頭を下げる。

「おや、番頭さん、景気はいかがです」

「成田《なりた》屋の人気が上々で」

「そいつはなによりだ」

芝居町の界隈は普段から人出は多いが、顔見世の時節はさらに往来が溢れかえる。

櫓《やぐら》を構える中村座と市村座、小屋とは切っても切れぬ芝居茶屋、他にも人形劇、講釈場、落とし噺《ばなし》の寄席《よせ》、絵草紙《えぞうし》屋、土産物《みやげもの》屋、飯屋に居酒屋と、芝居見物だけでなく、物見遊山《ものみゆさん》の客がどっと押し寄せるのだ。

　着飾った客で賑《にぎ》わう盛り場は華《はな》やかなだけではない。人の懐《ふところ》を狙う掏摸《すり》、強請《ゆす》りたかりのごろつき、女にちょっかいを出す遊び人、喧嘩《けんか》を始める酔っ払い。そういった悪党や無頼《ぶらい》がうごめく悪所でもある。それらを取り締まるのは町奉行所の役目だが、役人は人数が限られているので型通りの見回りしかできない。そこで、手先となって働くのが御用聞きなのだ。

　田所町《たどころちょう》の友蔵、もとはこの近くの久松町《ひさまつちょう》で生まれ育った。父親はかつて中村座の木戸番を勤めており、友蔵は幼い頃から楽屋口から大部屋に出入りしたり、脇からそっと芝居を見たりした。

　目鼻立ちがすっきりしていて、なかなかの男前。父親は友蔵が役者になるのを夢見ていたが、本人にその気はなかった。いくら芝居が好きでも、役者で出世するには家柄と門閥がいる。木戸番のせがれでは名題《なだい》になるのは難しい。たとえ名題になったところで、いい役はつかないのだ。

　度胸があって、弱い者いじめが大嫌い。喧嘩が強いのを見込まれて、友蔵はとうとう南町奉行所の同心、小島千五郎《こじませんごろう》の旦那から手札《てふだ》をもらい、芝居者にはならないで十手持ちになってしまった。

博徒《ばくと》や無頼《ぶらい》の輩《やから》を手先に使う同心も多く、嫌われ者の岡っ引きが跋扈《ばっこ》する中、友蔵は若いに似合わず世話好きで、町の衆から慕われている。

おや。

中村座の看板をぼおっと見上げている小柄な男。その後ろ姿に見覚えがある。

「おう、三ちゃんじゃねえかい」

くるっと振り向いたへちま顔がにやりと笑う。

「あ、友ちゃん」

橘町《たちばなちょう》で育った三助は、友蔵とは幼馴染。歳も同じで昔は仲よく遊んだものだ。ひ弱でいつもへらへらしている三助はしょっちゅういじめられていた。そんなとき、年嵩《としかさ》のはるかに強そうな悪餓鬼《わるがき》相手に立ち向かって助けてくれるのが友蔵だった。

「おまえ、なにしてんだい。そんなところでぼやっと突っ立ってちゃ、巾着切《きんちゃっき》りに懐《ふところ》狙われるぜ」

「へへ、狙われるほど、銭は持ってないや」

「今日はひとりで芝居見物かい」

「そんなわけないだろ。大殿様の言いつけで、顔見世の趣向を下調べさ」

「ほう、ご隠居様、お武家のくせに芝居好きだったな。お元気かい」

「相変わらず、小言が絶えないけどけね」

それを聞いて友蔵は苦笑する。

「さすが、小言又兵衛様だ」

「このところ、退屈を持て余しておられて、それで芝居見物でもと」

「はああ、豪儀《ごうぎ》なもんだねえ」

「そうかい」

「退屈を持て余すなんざあ、たいしたもんだ。その日暮らしに追われていると、退屈したくても、退屈のしようがねえ」

中村座の看板、書かれた外題《げだい》が『将門装束榎』とある。

三助は首をひねる。

「なんて読むんだ」

「まさかどしょうぞくえのきさ。成田屋の将門が人気だそうだ」

「ふうん」

「おい、三ちゃん、久しぶりだ。どうだい、そこらで一杯やってかないか」

「酒かい」

「ああ、汁粉《しるこ》なんぞはすすめねえ」

「そいつはだめだ。飲んで帰ったりしたら、また大殿様に大目玉だ。それに、市村座と森田座の出し物も見ておかないと」

「見るまでもねえ。市村座は平家物語と道成寺《どうじょうじ》の組み合わせだ」

「変わった趣向だね」

「釣鐘《つりがね》の中に隠れるのが清盛《きよもり》」

「へえ、そいつは面白そうだ」

子供の頃から芝居好きの三助と友蔵、一を聞いて十を知るで、話は早い。

「だけど、大殿様は道成寺はお好きじゃない」

「そうなのかい」

「だいたいが、女形《おんながた》は気色《きしょく》悪いとおっしゃるのさ」

武骨な又兵衛は雄々しい仇討ちの芝居が好きで、男の役者が美女を演じるのは苦手なのだ。

「木挽町も平家だよ。紀伊国屋《きのくにや》が清盛と義朝《よしとも》の二役だ。でも、やっぱり将門が人気だし、なんてったって成田屋だ。中村座がご隠居向きだろう」

「そうだねえ」

「さ、下調べはほどほどにして、こんな人混みで会えたのもなにかの縁、一杯だけっきあいなよ」

「おまえ、いいのかい。お上《かみ》の御用は」

「へん、御用聞きなんてもんは、閑なほうが世間はしあわせなんだ」

「なるほど、違いない」

三助が頷くと、友蔵はにやり。

「ちょいと乙《おつ》な店があるんでね」

「ふふ、しょうがねえなあ。それほど言うなら、木挽町に足を伸ばすのはよして、一杯だけ」

「そうこなくっちゃ」

三助、普段はまったく飲まないが、嫌いなほうではない。誘われると、ついふらふらと友蔵のあとについていく。

「だけど友ちゃん、いいもんだねえ、このあたりは」

「そうかい」

「うん、人の流れが全然違うよ。俺が今いる柳島は、町とはいっても本所のはずれ、田んぼや畑に囲まれて、歩いてるのは人より野良犬のほうが多いんだぜ」

そこへいくと、日本橋《にほんばし》は江戸の中心。いや、お武家の中心はお城だが、町人にとっての江戸は下町の神田《かんだ》、日本橋、京橋《きょうばし》である。

中でも盛り場の芝居町、三助はうれしくて仕方がない。

「表通りの店はどこも遊山の客目当てで、酒でも蕎麦《そば》でも団子でも、けっこう値が張るんだ。ちょいと裏道に入るとね、安くてうまい手頃な店があるのさ。夜になると、たいてい芝居の下回りや道具方がたむろしてるが、この刻限じゃ、けっこう空《す》いてる。穴場だぜ」

あれほど賑わっていた芝居町だが、ちょっと脇へ入ると人通りがぐっと少なくなる。

「さあ、ここだよ」

小さな居酒屋で、丸に二の字の書かれた暖簾《のれん》。さっとくぐる友蔵に、三助も従う。

「あら、いらっしゃーい」

若い女の声。

「おう、お松《まつ》ちゃん、邪魔するぜ」

お松と呼ばれたのは歳の頃は二十前後、小柄でぽっちゃりして、愛嬌《あいきょう》のある顔。

三助は店内をさっと見回す。昼飯の時分はとっくに過ぎて、芝居の終わる夕刻まではまだ間がある。

たしかに空いている。入口近くの土間で床机《しょうぎ》に腰を下ろして、親子連れらしいのが飯を食っているだけだ。

　五つか六つの男の子が、玉子焼きや里芋《さといも》の煮もの、盆の上の小皿に並んだおかずで丼飯をがっついている。それを見ながらちびちびと酒を飲んでいるのが、まだ若いが父親だろう。

「親分、外は寒いでしょ」

「そうとも、熱いのをつけてくれ。座敷へあがらせてもらうぜ」

「ゆっくりしてってね。いい魚が入ったから、おとっつぁん、張り切ってるのよ」

「いや、久しぶりにこいつに会ったんで、軽く一杯だけ」

「なんだ、つまんない」

　お松は三助に軽く会釈《えしゃく》して、奥の調理場へ入る。

　馴染みらしく、友蔵は三助を促し、小座敷へあがる。

「へへへ、友ちゃん、隅に置けねえな」

「なにがだよ」

「なかなか可愛い子じゃないか。お松ちゃんていうのかい。いやになれなれしいや。ひょっとしておまえのこれ」

　三助はにやにやして小指を立てる。

「馬鹿野郎、殴るぜ。そんなんじゃねえやい」

友蔵に怖い顔で睨みつけられ、三助は肩をすくめる。

「おまえ、昔からもてたからなあ。てっきり」

「よせやい。ここは安くてうまいから、通《かよ》ってるだけだい。とっつぁんはもとは大きな料理茶屋の板場《いたば》をこつこつ勤め上げて、とうとうこの店を持ったんだよ。屋号がとっつぁんの名前を取って二吉《にきち》ってんだ。腕はいいし、出てくる酒がまた上等だ。お松ちゃんはひとり娘で、おかみさんが去年の暮れに流行《はや》り病で亡くなったんで、親子ふたりで一所懸命きりもりして、裏通りだが、夜になるとけっこう繁盛してるんだ」

「ふうん」

そんなんじゃねえやい、といいながらもやけに詳しいので、三助が内心笑いをかみ殺しているところへ、お松が膳を持ってくる。

「お待ちどおさま」

膳には熱燗《あつかん》の徳利《とっくり》とちょっとした小鉢。

「こちら、親分のお友達」

「そうさ、俺の幼馴染で、三助ってんだ」

「三助さん、どうかご贔屓《ひいき》に」

お松は愛嬌たっぷりに頭を下げて、奥へ引っ込む。

小鉢は鰯《いわし》の味噌煮であろうか、生姜《しょうが》の香りがつんと心地よい。

「うまそうだな」

「さ、三ちゃん、一杯いこう」

友蔵が有無を言わさず酒をすすめるので、ともかく猪口《ちょこ》のやりとり。

「ああ、友ちゃん、おまえの言う通り、こいつはいい酒だ。滅多に飲まないから五臓六腑に浸《し》みとおるぜ」

「だろう」

「だけど、たくさんは飲めない。大殿様、酒の臭いにすぐ気がつくから」

「あれだけの豪傑が下戸《げこ》だなんて、珍しいや。寒いときの熱燗はなによりあったまるんだがなあ」

「大殿様は庭で木剣を振るのが一番温まるんだって」

「まったく野暮《やぼ》な爺さんだ」

友蔵はぐいぐいと飲んで、奥に声をかける。

「お松ちゃん、熱いのもう一本つけてくれ」

「はあい」

「ところで、三ちゃん」

友蔵はじっと三助を見つめる。

「おまえのほうはどうなんだい」

「どうってなにが」

「お妙さんと仲良くやってるのかい」

「ええっ」

あわてる三助。

「だって、あんな別嬪《べっぴん》と一つ屋根の下でさあ。うらやましい話だ」

「冗談じゃない。そりゃ、お妙さんは今は大殿様に仕える女中だけど、もとはといえば、立派なお武家のお嬢様だよ。俺みたいな男にも優しく接してはくださるがね、身分が違うよ」

「そんなもんかねえ」

「ありゃ、よくできたお人だ。今まで俺がやってた掃除、洗濯、飯の支度、なんでもてきぱきとこなして、閑ができれば、縫物やなんかで手を動かしてる。ぼんやりしてるのを見たことないよ。ときどき、大殿様の相手で庭で剣術の稽古もするし」

「へえ、お妙さんが剣術の稽古。仇討ちはもう終わったじゃねえか」

「やっぱりお武家のお嬢さんはすごいね」

「だけど、おまえ、飯なんかは台所の隅で、お妙さんとふたりっきり、奉公人同士、仲良く食うんだろ。そのときにいろいろと世間話なんかしねえのかい」

「そりゃ、女中と小者、ときたま、いっしょに食うこともあるけど、お妙さんは滅多にしゃべらねえなあ」

「お高くとまってるのかねえ」

「そうじゃない。お武家ってのは、飯のときはなにもしゃべらないのが作法なのさ」

「ほんとか」

「それが武士のたしなみで、だからお妙さんも俺といっしょに食っててもほとんどなにも言わないや。それどころか、飯でも汁でも、音を全然たてないで食うんだぜ」

「へええ、さすがに武家娘、上品なんだなあ。そこいくと、町娘ってのは、のべつぴいちくぱあちく、うるさくってしょうがねえ」

「まっ、親分、うるさくて悪かったわね」

お松が怖い顔で盆にのせた徳利をどんと突き出す。

友蔵はあわてて、

「お松ちゃん、別におめえのことを言ったわけじゃあ」

「あらあ、大変っ」

　お松が大声をあげる。

「どうした、お松」

　奥から親父の二吉がのっそりと顔を出す。

「さっきのお客さんがいなくなっちゃった」

「用足しじゃないのか」

　お松は厠《かわや》を見るが、

「どこにもいないわ」

「なんだと」

　友蔵、さっと店の土間へ出る。

　床机には先ほどの親子が食べ散らかした盆。

「こいつは食い逃げだな。とっつぁん、俺にまかせな」

「いいよ、親分。食い逃げなんてのは、よほどのことだ。腹を空かせてたんだろう」

「よくねえ。とっつぁんの心のこもった手料理を只食いするとは、太《ふて》え野郎だ。酒もそうとうに飲んでやがる。たちが悪いぜ。逃がさねえ。大通りに出て見失うとやっかいだ。三ちゃん、おまえも来いっ」

友蔵が飛び出していくので、三助も仕方なく続く。

裏通りは人が少ない。さきほどの親子らしい二人連れ。痩せた男が幼い子供の手を引いて、よたよたと駆けていくのがすぐに見えた。

「野郎っ」

友蔵はさっと追いつき、男の袖《そで》をつかんでぐいっと引っ張る。

「逃がさねえぞ」

よろけて道の端にうずくまった男に、友蔵はぐっと十手を突き出す。

「勘弁しておくんなさいまし」

痩せて青白い顔。この寒空にみすぼらしい薄着である。子供が男にすがって泣き出した。

「ほんの、ほんの出来心でございます。この通り」

手を合わせる男。

「なにをっ。てめえ、なにが出来心だ。さんざん食い散らかしやがって。酒もたらふく飲みやがって、はなから只食いする魂胆《こんたん》だろうが」

「お許しを。どうか、お見逃しくださいまし」

男はうずくまったまま、いきなりげぼげぼと咳《せ》き込む。

「うっ」

口から血が吐き出されたので、友蔵、飛びすさる。

「わあっ。おめえ、どっか悪いのか」

男は胸をかきむしり、宙を睨む。

「死にたくない。ああ、まだまだ死にきれない」

「おい、大丈夫か」

「死ぬのはいやだ。敵《かたき》を討って、恨みを晴らすまでは」

二

「なんと申す。敵討ちじゃと」

又兵衛は、三助の話を聞いて、目を剝《む》いた。

「はい、その食い逃げの男がそう言ったんで」

「三助、おまえ、酒を飲んでおるな。臭うぞ。このような刻限まで油を売り、酒を食らい、さらにそのような世迷言《よまいごと》を申すか」

「いえいえ、ほんとうでございます」

睨まれて、三助はあわてて手を振る。

「ばったり会ったのもなにかの縁、久しぶりだからと友蔵に無理やりすすめられ、たしかに小さな猪口に一杯か二杯、ひっかけはいたしましたが」

「それみろ。やはり飲んでおるではないか」

いやあ、あんなもの、飲んだうちに入らないや。そう思いながらも頭を下げる。

「申し訳ございません」

「うーむ。して、その者が敵討ちと申したのじゃな」

「はい、敵を討つまでは死にきれないと」

敵討ちなどそう頻繁《ひんぱん》にはないと思っていたが、仇討ちの芝居が次々と評判になる芝居町、悪所は悪を呼び、仇討ちは仇討ちを呼ぶのであろうか。

又兵衛は腕組みをして、思案する。

「で、三助。それゆえにおまえは帰参が遅れたと申すか」

「馬鹿な話でございます。仰《おお》せのとおり、帰りがこんな刻限になりましたのは、その子連れの食い逃げの世話をしておりましたためで。はい。道の真ん中で血を吐いてぶっ倒れましたんでね、こいつは放っておけませんや。仕方がないから、友蔵といっしょに男を抱えて、子供の手を引いて、その居酒屋に連れ戻して、店の小座敷に寝かせました」

「うむ」

「その家の亭主が親切でして、これが以前どこか大きな料理茶屋の板場勤め、今は芝居町のちょっと引っ込んだ裏通りで娘とふたりで小さな店をやっております。表通りは遊山客相手に居酒屋も飯屋もけっこうな代金をふっかけるんですが、裏通りは芝居の下回りや道具方が来るんで、値は手頃でございます。暖簾に丸に二の字、どこかの紋所みたいですが、亭主の名前が二吉、屋号も二吉。腕はいいそうです。そんな食い逃げ騒ぎがあったんで、わたくし、料理を味わうどころか、お猪口で一杯か二杯、飲むか飲まないか。いや、ほんと。小鉢が鰯の味噌煮でうまそうだったんですがねえ、結局、箸《はし》をつけずじまい。先に食っときゃよかった」

「そんなことはどうでもよい」

又兵衛は苛《いら》ついて、

「で、どうしたのじゃ」

「はい。血を吐くなんてのは、まともじゃありません。食い逃げするぐらいだから、銭はなかろうが、なにか事情はあるようだ。で、友蔵が良庵《りょうあん》先生なら薬料の心配はしなくていい、なんとか診てくれるだろうと、高砂町《たかさごちょう》まで先生を呼びに走りました」

「うん、榎本良庵《えのもと》じゃな」

「はい。もう逃げ出す心配はないでしょうが、わたくし、友蔵に言われるまま、ずっとその親子にくっついて見ておりました。男は落ち着いたのか、さほど苦しむ様子もなく寝ちまいまして、子供は横でじっとしております。五つか六つか、ちょっと陰気で、わたくしが名前をきいてもうつむいて、答えません。で、二吉の娘のお松、これが親父といっしょに店をきりもりしている。母親は去年に流行り病でなくなったらしいのですが、この娘がどうやら友蔵とは心やすいようで、ぺちゃくちゃとよくしゃべる。小柄でぽちゃっとしてなかなか愛嬌のある」

「そんなことはどうでもよいわ。で、どうした」

「親子が逃げ出したのは、お松が友蔵に親分と呼びかけたからに違いありません。まあ、尻っ端折りに黒い股引、これ見よがしに帯に十手でしょう。どう見ても町方の御用聞きですよ。そんなもの見れば、小悪党ならこそこそ隠れます。で、気の弱い食い逃げ親子は御用聞きに恐れをなして逃げ出した。だから、玉子焼きやら里芋やらが食いさしで残ってる。そこで、お松が気を利かして丼飯を持っていくと、その餓鬼、食い逃げのくせに、遠慮もあったもんじゃない。小さい体で食うこと食うこと。よっぽど腹を空かしてたんだなあ」

「それで」

「まあ、しばらくしまして、友蔵といっしょに良庵先生がやって来る。先生は寝ている男を診て、胸や腹をさすったり、舌を見たり。血を吐いたというから、悪い胸の病かと思って心配したが、どうやらそうじゃなさそうだ。おそらく何日かまともに食っていない。寒さと空腹で弱っているところへ、酒をやたらに飲んだ。その上、無茶に走ったから、臓腑がひっくり返って、酒を戻し、いっしょに血も吐いたんだろうって、そうおっしゃって」

「そうか」

「夕方になると、芝居が終わりましょう。裏通りだが芝居者で繁盛している店、客がどんどん来るから、こんな病人を寝かしておいちゃ迷惑だ。友蔵が顔を利かせて、人を頼んで、親子を良庵先生のところへ運びました。で、そこまで見届けましたら、外はもう暗いじゃありませんか。冬は日が短うございます。芝居町からここまでは一里。あわてて駆け戻ってまいりましたが、遅くなりまして、まことに申し訳ございません」

三助は改めて、深く頭を下げる。

「なるほど、そういうわけであったか」

「でも、ちゃんと、顔見世の趣向はたしかめてまいりました。その点はどうかご心配なく。中村座が平将門。団十郎《だんじゅうろう》が将門で、菊五郎《きくごろう》が田原藤太《たわらのとうた》を演じます。看板には百足《むかで》の絵もありましたんで、ちょっと楽しみ。市村座と森田座はどちらも平家物語らしゅうございますが、市村座は平家に道成寺を組み込みまして、安珍《あんちん》ならぬ清盛が釣鐘に隠れる趣向。森田座は結局のところ、食い逃げ騒ぎがあり、この目で見てきたわけではなく、芝居に詳しい友蔵の受け売りでございますが、宗十郎《そうじゅうろう》が清盛と義朝《よしとも》の二役とか。でも、わたくし思いますに、大殿様がごらんなさるには、将門でございましょうかねえ。町の噂では、やはり成田屋の人気が高いようでございますので」

人形町界隈で育った三助、学はないが、芝居に描かれる古《いにしえ》の物語には精通している。

「うーむ」

又兵衛は考え込む。

「さすがに芝居町だけのことはあるのう。面白そうじゃ」

「さようでございます」

「うむ。三助よ。よくぞ調べてまいった。さっそく明日にでもまいろう」

三助はぽんと膝を叩く。

「芝居は初日よりもちょうど今頃が役者も乗ってきて、見どころでございます。やはり、中村座でございましょうね。平土間《ひらどま》ならば、早めに行けばなんとかなりましょう。成田屋の将門が」

「そうではない」

「えっ。将門じゃない。そうですか。では、市村座の平家と道成寺。平家は立ち回りもあって、これはこれで勇ましい。女形は瀬川吉次《せがわきつじ》あらため二代目菊之丞《きくのじょう》なんですが、よろしゅうございましょうか」

「なにをぐだぐだ言っておるか。行くといえば、芝居ではないぞ。良庵のところに決まっておろうが」

「へえっ。それはまた」

ぽかんとする三助。

「その親子連れ、まだ良庵のところに留まっていよう」

「はあ、なにぶんにも弱っておりますので、動かせないと先生が」

「敵討ちと聞いたからには捨て置けぬ。仔細をたしかめねば」

「仔細でございますか。はあ、たしかにその食い逃げの男、血を吐いて、敵を討つまでは死ねないと申しましたが」

「さもあろう。仇討ちは尋常ではない。親の敵か、兄の敵か、はたまた主君の敵か。いずれのご家中かは知らぬが、敵に巡り会うまで何年もかかることもある。いや、生涯、会えぬまま終わるやもしれぬ。その御仁、お子を連れての仇討ち旅、艱難辛苦《かんなんしんく》いかばかりか。路銀も尽きて、衣食にも窮し、飢えた子のために生き恥をさらし、そのような真似を。ああ、哀れなり」

さあ、それはどうかなあ、と三助は首を傾げる。

「大殿様、でも、敵討ちとはいっても、どうもその男、お侍には見えませんでした。大小も差しておりませんし」

「なに、刀を所持しておらぬと」

「はい」

「おお、ますます哀れじゃ。刀は武士の魂。その魂さえ手離さねばならぬ困窮ぶり、察して余りある。幼子を抱え、腹を切ることもならず、刀を売り払い、その金もまた尽き果てたのであろう」

いや、どうも違うようにも思うが、大殿様には逆らえない。

「たしかに哀れでございました。身なりなど、とてもお武家とは思えず」

「さようか」

「親子そろって相当に見すぼらしい町人の風体《ふうてい》」

「うーむ。もしや、敵を見つけ、欺《あざむ》くためにわざと町人のこしらえをしているのかもしれぬ」

「いやあ、あれはもう、ぎりぎりで店に入れるほどのかっこう。物乞いの一歩手前でございます」

「ますます捨て置けぬ。どのような事情かわからぬが、なんとしてでも手助けしたい」


台所の隅で、三助はお妙の用意してくれた晩飯をかきこんだ。

「どうも、ごちそうさま。ああ、うまかった。すいませんねえ。遅くなっちまって。お手間とらせました」

同じ奉公人とはいえ、お妙はもとは武家のお嬢様、三助より三つ年下ではあるが、つい丁寧な言葉使いになる。

「いいえ、ご苦労様でございます」

お妙はてきぱきと片づけものをしながら、三助に熱い茶をいれてくれる。

「こいつはどうも。お妙さんのいれてくれる茶はうまいや。あたしだとこうはいかない。なんかこつがあるんですかねえ」

「さあ、どうでしょう」

　のんびりと茶を飲む三助。

「ときに、お妙さんはお芝居はご覧になったことがないんですよね。今、中村座でやってるのが将門の芝居で、これを大殿様におすすめしようと思ってたんです。大殿様、このところ、ずっとご退屈のご様子でしたから。そうなると、お妙さんもいっしょに芝居見物。ところが、ひょんなことから、友蔵にばったり会って、裏通りの居酒屋に入って、いえ、そんなには飲んじゃいないんですけどね。お猪口に一杯か二杯。そこで、食い逃げにあって、で、その男が病人で、良庵先生のところへ運び込んで」

「まあ、良庵先生の」

「はい、でね。明日は大殿様のお供で良庵先生のところへまいりますので、芝居は先延ばしになりそうです。せっかく楽しみにしてたんですがねえ。大殿様ったら、芝居よりもその病人のほうが面白そうだっておっしゃるんで、どうも物好きなお方だ」

「さようですか。良庵先生はお変わりなく」

「ええ、あたしも久しぶりにお会いしました。相変わらず、お閑そうになすってましたんで、病人を診るのがうれしいようで。へへ、腕はいいのに流行《はや》らないってのは、蘭方《らんぽう》を異人の医術だからと気味悪がるのが多いんでしょうかねえ。友蔵が金のない病人ですいませんっていうと、なあにかまわんてね。世間じゃ、高い薬代をふっかけたり、貧乏人は最初から相手にしない高飛車《たかびしゃ》な医者も多いんだが、あの先生は医は仁術ってのを絵に描いたようなお方、ほんとに親切です」

「はい、わたくしも大変ご恩になりました」

「そうでしたねえ。小太郎さんを担ぎ込んだときは、どうなるかと思いました。でも、小太郎さん、ご立派にご本懐をとげられて、お家も再興なさって」

「はい、お役に就いて、ご奉公に励んでいるとの文《ふみ》がまいりました」

「よかった、よかった」

「でも、わたくし、良庵先生にはあの仇討ちの日以来、ずっとお目にかかっておらず、お礼もきちんと申し上げておりません。どうか、明日はよろしくお伝えくださいませ」

「へへえ、承知いたしました。ふふ」

「なにか」

「いえね。うちの大殿様も変わり者だが、あの先生も相当に変人だなあと思いまして」

「まあ」

三
「先生、どうも、こんにちは」

高砂町の裏通り、榎本良庵の診療所を風呂敷包みを手にした御用聞きの友蔵が訪ねる。

「おう、親分かい」

一軒家で、そう広くはない。

入ってすぐが黒光りのする板の間。ここが診療の場であるが、たいていは閑で患者がいたためしはない。

鉄瓶のかかった長火鉢に向かい書見の良庵。歳は三十過ぎ、長身瘦軀《そうく》で青白い顔。総髪を後ろで束ねている。

「昨日はお世話になりました。これは、二吉のとっつぁんから頼まれまして、弁当です。先生の分と、食い逃げ、いや、あの親子の分とで」

「そいつはすまないな。まあ、あがれ」

「へい、お邪魔します」

良庵は読みかけの本をぽいと投げ出し、ぐっと背伸びする。

「そろそろ昼か」

「とっくに過ぎてますよ。で、病人は」

「奥でゆうべからずっと寝たままだ。そういや、まだなにも食わしてなかった」

「へえっ、先生も朝から」

「うん、俺は腹が減ったら食うが、減らなきゃ、食わない。腹も減ってないのに、毎日、朝昼晩と決まった刻限に飯を食うのは、一見理に適《かな》っているようで、自然の摂理に反するように思うのでな。食いたいときに食う、寝たいときに寝る。そのほうがよっぽど体にいい」

友蔵はふふんと鼻で笑う。

「ほんとかなあ。だけど、子供は腹ぁ空かしてるんじゃありませんか」

「今は父親といっしょにぐっすり寝てるよ」

「そうですか。じゃあ、ちょいと様子を」

板戸を開けると、奥の座敷には所せましと書物が積み上げられて、取り散らかっている。和書ばかりでなく、横文字の西洋の本も見える。

その一画の布団に親子が寝ている。友蔵は小声で、

「わあ、なるほど、よく眠ってますね」

「ふたりとも弱ってはいるが、患《わずら》ってるわけじゃない。食べてない、寝てない、いろんな疲れもたまっているようだ。ここで油断をすると、本式の大病になって、治すのが大変だが、まあ、なんとか大丈夫だろうよ」

「じゃ、そろそろ起こして、弁当を食わせましょう」

「いや、無理に起こさないほうがいいんだ。自然に目が覚めるまで、このまま寝かせといてやろう。俺は、弁当を見たら、ちょうど腹が減ってきたから、せっかくの心尽くし、いただくよ」

板戸をそっと閉めて、長火鉢の前に戻ると、友蔵が風呂敷をほどく。

大き目の弁当箱がふたつ、小さなのがひとつ。

「大きいのが先生とあの男の分で、こっちが子供の」

良庵、蓋《ふた》を取る。

「お、こいつはうまそうだなあ」

海苔《のり》のかかった飯に佃煮と梅干と沢庵《たくあん》が添えられた簡単なものだが、食欲をそそる。

「おまえは済ませたのか」

「はい、二吉の店で」

「弁当の代金は」

「いえ、とっつぁんの奢《おご》りだそうで」

「今どき、奇特だなあ。食い逃げされた上に弁当まで」

友蔵は大きく頷く。

「とっつぁんも娘も親子そろって親切なんですよ。情けは人のためならずって言いますから、きっとめぐりめぐっていいことがあるに違いないです」

「世知辛《せちがら》い世の中だが、まだまだ捨てたもんじゃないね。じゃあ、親分、親切ついでにあそこにある茶を取っていれてくれないか」

「へっへ、先生にあっちゃかなわねえ」

勝手知ったる台所で、茶の用意をする友蔵。火鉢の鉄瓶から急須に湯をそそいで、二人分の茶をいれる。

「だけど、奇特といえば、先生だってそうじゃないですか」

「なにが」

「病人から薬料を取らないで、いいんですか。いつも閑そうだし。たまに病人や怪我人があれば、貧乏人ばっかりでしょ」

「医者ってのは、単なる商売じゃなくて、天から与えられた役目だと俺は思ってる」

「天、へええ、そいつは豪儀だ」

「患ってる者がいれば、診るのがあたりまえ。病人の身分や金のあるなしで分け隔てしない」

「それで、先生の暮らしはどうなんです。まさか、霞《かすみ》を食って生きてくわけにもいかないし」

「案外、霞だけで生きてるのかもしれん」

「ええっ、まさか」

腹が減らなきゃ食わない。ならば、全然食わないこともある。それで、そんなに痩せてるのか。

「おいおい、冗談だよ。別に仙人じゃないから、俺だって人並みに腹は減るさ」

良庵は弁当をたいらげる。

「ああ、うまかった」

茶で口の中をゆすいで飲み込むと、脇の煙草《たばこ》盆を引き寄せ、火鉢の炭で煙管《キセル》に火をつける。

「ふうっ、飯食ったあとの一服はまた、たまらないねえ」

「ときに先生、あの親子の素性、なんかわかりましたか」

「さて、どうかなあ」

良庵は首を傾げる。

「男のほうはずっと寝たままだし、子供もほとんどしゃべらない」

「いくら先生でも、わかりませんか」

「うん、身なりからすれば、町人らしいが、職人じゃないな。体つきや手を見れば、力仕事はしていない。最近、大坂《おおさか》から子連れの長旅をして、ようやく江戸にたどりついた。それぐらいしか、わからない」

「大坂っていうと」

「上方《かみがた》だよ」

「へえ、本人が大坂からって、そう言ったわけじゃないんでしょ」

「ずっと寝てる」

「先生、やっぱり、すごいなあ。見ただけで、なんで、そこまでわかるんです。まるで千里眼か腕のいい八卦見《はっけみ》だ」

友蔵はしきりに感心する。

「なあに。男の懐に往来切手と関所手形があったのを見たのさ。どちらも大坂で出されたもんだ」

ぽかんと口を開ける友蔵。

「なあんだ」

「ふふ、種明かしをすれば、八卦も形無しさ」

「すると、なんですか。あの男、血を吐いて気を失う前に、敵を討つまでは死にきれねえって言ったんだが、町人が上方から江戸まで、敵を追ってやって来て、路銀が尽きて、食い逃げしたってところですか」

「さあ、そこまでは俺にもわからん。だが、敵討ちとなると、本所のご隠居が俄然張り切るだろうよ。そろそろ、ここへ乗り込んでくるかな」

「まさか」

そこへ表から声がかかる。

「ええ、ごめんくださいまし」

「あっ、あの声は三ちゃん」

「ほら、噂をすればなんとやら。どうやら、ご隠居がお出ましのようだ」

良庵は戸口に向かって応える。

「ご隠居様、どうぞお入りください」

三助が戸を開け、羽織《はおり》袴《はかま》に両刀を差した石倉又兵衛が堂々と入ってくる。

「ごめん」

「ようこそ、おいでくださいました」

「うむ、無沙汰をいたした」

「お待ち申し上げておりました」

「なにっ、待っておったと」

怪訝《けげん》そうに眉をしかめる。

「良庵。そのほう、わしがここへまいると、なにゆえに」

「それはもう」

良庵と友蔵が顔を見合わせ、にっこり。

「ご隠居様、敵討ちの病人に御用がおありでございましょう」

「おお、そうである」

鷹揚《おうよう》に頷く。

「まあ、こちらへどうぞ」

長火鉢に近寄る又兵衛にさっと友蔵が座布団を差し出す。

　又兵衛は黙って頷き良庵の向かいに腰をおろす。

　三助は後ろにそっと控える。

「で、その御仁はどこにおられる」

「奥で休んでおりますが」

「うむ。血を吐いて倒れられたと聞いたが、大事《だいじ》ないのか」

「滋養をとって、ゆっくり休息すれば、やがて回復いたしましょう」

「それはなによりじゃ」

「が、そろそろ起きてきたようですね。ご隠居様のお声は張りがあって、よく通りますから」

　板戸が静かに開き、男が脅《おび》えたように周りを見回す。

「ここは。あたしはまだ生きているんですかねえ」

「やっと気がついたようだね」

　良庵がやさしく応じる。

「そうとも。おまえさん、生きてるよ」

「ああ、あの世かと思った。そっちのお方が閻魔《えんま》大王に見えて」

　又兵衛のほうを顎でしゃくる。

「なんと申す」

「まあまあ、ご隠居」

友蔵が乗り出し、

「覚えてねえのかい。おめえ、昨日、芝居町の居酒屋で只食いして、逃げたのを俺が追いつめて、そしたら、血を吐いて気を失った。それからずっと、寝たままだったんだぜ」

男はぺこぺこと頭を下げる。

「昨日の親分さんですね。とんだご迷惑を」

「子供は起きたかい」

「はい」

座敷に呼びかける。

「おい、申太郎《しんたろう》」

布団から這い出して、寝ぼけ眼《まなこ》で男にすり寄る子供。

「お父ちゃん」

「うん、大丈夫だ。安心しな」

「その子、五つか」

良庵が尋ねる。

「はい、さようで」

「四年前、申《さる》年の生まれで、申太郎のしんは申の字だな」

言われて、びっくりする男。

「よくおわかりで」

黙って頷く良庵。

「ふうん、おめえ、いくら切羽《せっぱ》詰まったとはいえ、年端《としは》もいかねえ子供と、食い逃げは感心しねえぜ」

「親分さん、申し訳ございません」

「あの店だったから、よかったが、下手《へた》すると、半殺しにされて、簀巻《すま》きで川に叩き込まれるか、子供を取り上げられて、売り飛ばされるか」

「ううっ」

男は泣き崩れ、子供もつられて泣き出す。

「いいよ。もう、泣くんじゃねえ。ほら、おめえが食い逃げした二吉のとっつぁんから弁当だ。腹減ってるんだろ。食いな。今、茶をいれてやるから」

「ああ、ご親切に、ありがとうございます」

ぺこぺこ頭を下げ、弁当を広げて、涙ぐみながらも、むさぼり食う親子。

「おい」

あわてて良庵が注意する。

「だめだよ。ゆっくり噛みしめて食わないと、また腹の中がひっくり返って、血を吐くぞ」

男は良庵を見て、

「あの、あなた様は」

友蔵が横から、

「それも覚えてねえんだな。こちらの先生が昨日おめえを診てくださった良庵先生だ。おめえ、気を失ったまま、ここへ運ばれたんだ。ここは高砂町の良庵先生の診療所だよ」

「じゃあ、さしずめ、命の恩人ってわけですね。こんな命だが、助けてくださって、ありがとう存じます」

男は良庵に頭を下げる。

「なあに、しばらく養生するがいい」

じっと腕組みをして親子を見ていた又兵衛。

「おい、三助よ」

「大殿様」

「おまえ、昨夜、仇討ちの討手《うつて》に出会ったと申したな」

「あ、いえ、食い逃げで切羽詰まった男が気を失う前に敵を討ちたいと、そんなことを口走ったと」

「それがこの者であるか」

「はい」

「親の敵か、兄の敵か、はたまた主君の敵か、どこのご家中か知れぬが、子連れで艱難辛苦の仇討ち、路銀も尽き果て、武士の魂の大小も手離し、哀れであると」

　三助は困って、

「いやあ、そこまでは申しておりませんが」

「とても武士には見えぬぞ」

「はい、わたくしも。そう言ったんだけどなあ。見えないって」

「なにっ」

「いえ」

　三助はうなだれる。

「これ、そこな町人」

又兵衛にきつい口調で呼びかけられ、男は喉《のど》を詰まらせる。

「ううっ、なんでございます」

「そのほう、よもや武士ではあるまいな」

びっくりして首を振る。

「あたしがですか。いえいえ、ご冗談を」

「冗談ではない。正直に返答いたせ。ゆえあって世を欺くため、身分を偽《いつわ》り、町人のなりをしているのではないか」

「滅相《めっそう》もない。ただの町人でございます」

「しからば、昨夜、芝居町にて只食いいたし、これなる御用聞きの友蔵に追われ、気を失いしおり、敵を討って恨みを晴らすまで死にきれぬと申したか」

「さあ」

「返答いたせっ」

男は黙ってうつむく。

「あ、おまえさん、言ったよ。死んでも死にきれないって」

不満顔の三助。

「ああ、そのようなことを言いましたっけねえ」

友蔵も問いただす。

「おめえ、ほんとに敵持ちなのかい。ひょっとしてご隠居様がおっしゃったような、お侍さんですかい」

「いえいえ、ご覧のとおりの文無し、流れ者でございます」

「だけど、敵を討つとか、恨みを晴らすとか、只事じゃねえぜ。なにかわけがあるんだろうが」

男は再び周りを見て、

「これは夢じゃありませんよね。あたしも申太郎もまだ生きている。ここがあの世でないならば、みなさま、いったいどなたでございますか」

「俺は田所町の友蔵っていう御用聞きだ」

「はい、親分さん、それは承知でございます。で、そちらがお医師の先生」

男は怖々又兵衛をそっとうかがう。

「そちらのお方は」

頷いて、友蔵が説明する。

「このお方はご身分あるお旗本のご隠居、小言、いや、石倉又兵衛様だ。いかついお顔をなさってるが、閻魔様じゃねえよ」

「友蔵、なにを申すか。無礼な」

又兵衛に睨みつけられ、

「すいません。つい口が滑《すべ》りました。で、そっちのへらへらしてるのが、ご隠居様のお供の三助さん」

「へらへらは余計だい」

男は周囲を見回す。

「さようでございますか。みなさんであたしとせがれを助けてくださったんですね。でも、お礼もできません。この寒空、橋の下に寝起きして、どっちみち親子そろって行き倒れになる身でございます。いっそあのまま、死んでしまえば」

「なにを馬鹿なこと言ってるんだい。まだ、おめえ、若いじゃねえか。子供のこともある。死ぬなんて悪い了見《りようけん》だぜ」

「では、食い逃げでお縄になりましょうか。それならば、お牢に入れていただいて、飯の心配はありません」

友蔵は投げやりな男を叱りつける。

「馬鹿野郎っ。それこそ、大間違いだ。知らねえだろうが、牢なんて生き地獄だぜ。

他の罪人どもにいじめられて、ひ弱い者なら、三日ともたずに命はねえよ」

「じゃあ、やはり死んだほうがましでございましょう。銭はなく、この寒空に寝る場所もない。あたしはともかく、せがれがひもじい思いで泣いておりました。どうせ飢えて凍《こご》えて死ぬのなら、この世のなごり、せめて死ぬ前に、せがれに腹いっぱい食わせてやろうと思いました」

　男は子供を抱き寄せる。

「さんざん食って満足したら、ふたりで仲良く川にでも飛び込もう。この時節、あっという間に極楽往生。で、あてもなく、ふらふら歩いておりますと、いつの間にか、芝居町のあたり。そういえば、一年前、女房とせがれと三人で芝居を見たっけ。幕の内弁当がうまかった。あんなしあわせもあったんだ。さあ、銭はないが、どこかの店に入ってたらふく食おう。どうせ死ぬんだ。食ったあと、謝って、殴られて、それですめば、あとはあの世だ」

「おめえ、そんな思いで芝居町を」

「ですが、大通りの店はどこも着飾った人でいっぱいです。こんな汚いなりでは、気がひけて、中に入れない。で、裏通りをふらふら行くと、小さな居酒屋。暖簾から顔を出した若い娘さんが、せがれを見てにっこり。いらっしゃーい。その声に誘われて、ふらふらと店に入って、申し訳ないとは思いましたが、せがれの好物を頼み、あたしは末期《まつご》の酒をたらふく飲んで、気持ちよく死のうと」

「そういうわけだったのか」

「はい、親分さん。そこへあなたがいらして、こいつはまずい。銭もないのに、飲み食い。御用聞きに番屋に連れて行かれたんじゃ、やっかいだ。で、こっそり抜け出しましたが、すぐに見つかって」

「だけどおめえ、死ぬ気で食い逃げしたというが、血を吐いて倒れる前に、敵が討ちたい、恨みを晴らすまでは死にきれねえと、そう言ったじゃねえか。あれはいったいどういうわけだよ」

又兵衛も身を乗り出す。

「うむ、それがまことならば、わしもぜひとも聞きたい。敵を討ちたいとはいかなる仔細じゃ」

男は大きく溜息をつく。

「死にさえすれば、いやなこと、辛いこと、苦しいこと、みんな消えてなくなるに違いない。死のうと覚悟したつもりでしたが、いざ、ほんとうに死ぬのかと思うと、やはり未練でございますねえ。身から出た錆《さび》とは申せ、己《おのれ》の惨《みじ》めな境遇。一方、悪人どものうのうと面白おかしく生きている。あいつらだけは、許せません。どうせ死ぬなら、この身が怨霊《おんりょう》になって、あいつらを呪い殺してやりたいが、そんなことは芝居の怪談の中だけのこと。そう思うと、やはりこのまま死ぬのが悔《くや》しくて、ついあんなことを申しました」

「その恨みってのは、いったい」

「あたしは日本橋本町《ほんちょう》、近江屋作兵衛《おうみやさくべえ》のせがれ、作之助《さくのすけ》と申します」

「ええっ」

驚く友蔵。

「本町の近江屋、あの大店《おおだな》の酒屋かい」

「さようでございます」

「じゃあ、おまえさん、近江屋さんの若旦那。それがなんで死にかけて、食い逃げなんぞしなさった」

「これもなにかのご縁でございましょう。では、あたくしの話、一通り、お聞きなされてくださりませ」

四

近江屋はこの江戸で代々続いた酒屋でございます。酒屋と申しましても、造り酒屋ではなく、また、店先でお客に飲ませる居酒屋でもありません。造り酒屋から仕入れた酒を売る商いでございます。

父の作兵衛はそれは商売熱心で、町方からお武家まで手広く商いし、店はたいそう繁盛しておりました。

あたしは近江屋の跡取り息子として生まれまして、それはもう何不自由ない暮らしでございました。

母は喜代《きよ》と申し、あたしが五つのときに病で亡くなりました。ずっと患いがちで寝込んでいることが多く、あたしは母のことをあまり覚えてはおりません。

で、父の後添《のちぞ》いになったのが女中をしておりましたお熊《くま》でございます。お熊に子ができまして、これがあたしの腹違いの妹でお竹《たけ》と申します。今から思いますと、子ができたからこそ、後添いにしたのでしょう。商売一筋、堅物《かたぶつ》と思っておりました父も、やはり男、魔がさしたんでしょうかねえ。

この継母《ままはは》が、あたしを大変に甘やかしました。もと女中で後添いという引け目があったのか。ですから、あたしはわがまま放題に育ちました。

あれがほしい、これがほしいと言うと、お熊がたいていのものは買ってくれました。

一歩外へ出ると、近江屋の若旦那ということで、どこへ行ってもちやほやされます。手習いの師匠などもあたしを依怙贔屓《えこひいき》して、少々下手な字を書いてもにこにこして褒《ほ》めてくれる。近所の悪餓鬼《わるがき》も、あたしに一目《いちもく》置いて、決していじめません。

黙っていたって、いずれ、あたしが店の主人になるのは決まっているので、なにも一所懸命に商売を覚えることもない。ずっと、遊び呆けておりました。

酒を覚えたのが十二、三の頃でございましょうか。将来酒屋の主人になるのに、酒の味を吟味《ぎんみ》するのは当たり前。とは勝手な口実で、あたしは酒が大好きになり、つい飲んでしまう。

奉公人が店の酒に手をつけるのはご法度《はっと》でございますが、あたしが酒好きと知るや、お熊が父に隠れていくらでも飲ませてくれる。

男の道楽に飲む、打つ、買うというようなことを申しますが、あたしは博打《ばくち》だけはやったことはありませんが、次に覚えましたのが、買うほうでして。

初めて吉原《よしわら》へまいりましたのが、あれは十六のとき。番頭の徳三《とくぞう》というのが遊び好きで、あたしをそっと誘ってくれましてね。いっしょに行きましたのが、病みつきとなりました。これは酒よりよほど面白い。

あたしといっしょだと、徳三は自分が金を使わなくてすみます。廓《くるわ》のほうも、あたしが近江屋の若旦那だと知ると、下にも置かぬもてなしぶり。極楽でございました。

ですが、そんな茶屋遊びはいつまでも続かない。

とうとう父にばれてしまいました。遊び呆けるあたしを見て、父はこのままじゃ、ろくなことはない。近江屋の将来が心配だと思ったのでしょう。

上方で商売の修業をするよう命じました。

ご存じのように上等の酒はみんな上方で造られています。京、大坂、兵庫《ひょうご》、そこから廻船《かいせん》で江戸へ送られまして、これがくだり酒として重宝《ちょうほう》されております。武州《ぶしゅう》でも細々と造っておりますが、こちらの地酒はくだらない。

あたし、十七でございました。八年前、まず伏見《ふしみ》の酒屋で商売の修業。上方で造られた酒が江戸へくる道のり、途中で仲買や廻船やお役所の手続きや、いろいろと割り前を取りますので、どうしても江戸で売られる上方の酒は高いものになります。その流れをまず覚えました。

父がどうしてあたしを上方に行かせたか。

武州も上方も、米や水にさほど違いがないのに、酒の味が劣るのは、酒造りの技法が上方ほど進んでいないからだ。表向きは商売を覚えることだが、もうひとつの目当てが、酒造りです。

江戸で上方と変わらぬ味の酒が造れたなら、江戸でも安くてうまい酒が飲めるようになる、というのが父の考え。

あたしも心を入れ替えて、酒造りをなんとか学ぼうといたしました。

が、伏見はそのあたりが厳しい。よそものは入れない。酒造りにはどの店も秘伝があって、決して外には洩《も》らさない。灘《なだ》もまた同様です。で、あたしは大坂に目をつけました。大坂でもうまい酒は造っておりますが、そのあたり、伏見や灘よりもゆるい。

それがしくじりのもと。

大坂でもやっぱり、そうやすやすと酒造りの秘伝は学べない。いささかやけになっているところ、大坂には新町《しんまち》という廓がございます。江戸の吉原、京の島原《しまばら》と肩を並べる色里です。また悪い虫が騒ぎだし、新町通い。ですが、金が続きません。江戸では近江屋の若旦那ですが、大坂ではただの名もない流れ者です。

たちまち金に困りました。江戸の実家から多少の仕送りがありましたが、父は厳しくて、遊ぶ金までは頼めません。そろそろ江戸へ戻る潮時か。

そんなとき、お絹《きぬ》と知り合いました。難波新地《なんばしんち》の茶屋勤めですが、これがたまたま江戸の生まれで、お互い気ごころも知れて、すぐにねんごろになりました。

そうなると、もう、商売のこと、酒造りのこと、どうでもよくなって、近江屋とは縁切り。お絹と所帯を持って、江戸のことは忘れてしまいました。

お絹はやさしい女でした。茶屋で女中を勤め、けっこういい稼ぎ。やがて、申太郎が生まれて、あたしは家で面倒をみる。ときどき、三人で道頓堀《どうとんぼり》の芝居を見たり。こんなしあわせがずっと続くと思っていたのに。

ふううっ。

去年の秋のこと。お絹が急にいなくなりました。

いったいどういうわけだろう。神隠しというんですか、どこかでなにかに巻き込まれて殺されたのか、さらわれたのか。お絹は江戸生まれなので、大坂には縁者も親しい知り人もない。

わずかに蓄《たくわ》えもありましたので、ひと月待ち、ふた月待ち、ずっと待っていましたが、お絹は帰っては来ません。

あたしはこの申太郎を抱えて途方に暮れました。

いつまで待っていても仕方がない。いなくなった日を命日と思い、ともかく暮らしのことを思案しなければなりません。

それまではお絹の働きで、なんとかなっていたが、あたしと申太郎と、これからどうやって暮らしていけばいいのか。

蓄えもだんだんと心細くなる。それで、恥を忍んで江戸の実家に戻ることにいたしました。八年の間、一度も戻ったことのない江戸。お絹といっしょになったことで、近江屋の父から勘当《かんどう》を言い渡されておりますが、背に腹は代えられない。

家財道具を売って路銀に替え、申太郎とふたり、大坂を発ったのがこの秋の終わり頃でしょうか。

幼子とのふたり旅、思いのほか日にちもかかって、どんどん金はなくなる。着物やら持ち物やら、少しずつ売って、ようやく江戸にたどり着いたのです。


「ううう、馬鹿者めっ」

又兵衛が真っ赤になって怒鳴った。

「黙って聞いておれば、ぬけぬけと。貴様、その話のどこがいったい仇討ちなのじゃ。この道楽者めが。貴様の戯言《ざれごと》、これ以上我慢ならぬ」

あまりの腹立ちに、今にも手討ちにせんばかり。

「どうか、どうか、お許しくださいませ」

作之助はその場に平伏する。

「お父ちゃん、お父ちゃん」

父親が怒鳴られたので、泣いてすがる申太郎。

「いやいや、ご隠居。お待ちください。この男の話、なかなか面白うございますぞ」

良庵が言う。

「いましばらく、聞いてみましょう」

「ふんっ、たわけた話ではないか。どこが面白いのじゃ。金のある商家に生まれ、遊び暮らし、酒と女に溺れ、上方に追いやられ、そこで仕事もろくにせず、酒と女で身を過《あやま》って実家と縁切り、女房を働かせ、それがいなくなると、江戸に舞い戻る。金がなくなり、挙句の果てに食い逃げいたし、死ぬしかないじゃと。見下げ果てた慮外者《りよがいもの》め。このような馬鹿者はさっさと野垂れ死にすればよいわっ」

「うえええん」

「これ、泣くな申太郎」

申太郎を抱きしめる作之助。

「まあまあ、お腹立ちはごもっともなれど、まだ仇討ちの段まで行っておりませんぞ。もう少し、この者の話、聞いてみましょう」

「うーむ」

「さあ、作之助さん、続きを話してください」

「面目次第もございません。つまらぬ話でお耳汚し、申し訳なく存じます」

作之助は顔をあげる。

「長旅で宿賃もなくなり、野宿同然で江戸に舞い戻りました。このような見すぼらしいなり、月代《さかやき》も髭《ひげ》も伸び放題で、これじゃ、実家の近江屋を訪ねても、あたしだとわからず、物乞い同然に追い払われるだろう。そう思いまして、まず、高輪《たかなわ》あたりで床屋を探し、なけなしの銭で髭と月代を剃《そ》ってもらい、髪も結《ゆ》い直しました。とうとう文無しでございます。で、中太郎の手を引いて、とぼとぼと日本橋本町の近江屋の前までやってまいりました。相変わらず商売は繁盛のようで、店先は活気づいております。が、気後《きおく》れして、なかなか店に入れない。家を出て八年になります。働いている奉公人も知らない顔ばかり。思案しておりますと、店先に番頭の徳三が現れました。いったん縁を切られた身、今さら戻れる筋合いではないが、食べるものもなく寝る場所もない境遇。恥を忍んで、思い切って、声をかけました」

「うん、番頭はどうした」

「徳三、と呼びかけますと、じろっとあたしを見て、自分を徳三と呼び捨てにするあなたはどなた様でございますか、とそう申します。あたしだよ。作之助だよ。すると、どちらの作之助さんでございますか、とそう申します。あたしだよ。作之助だよ。すると、

「そうか、おめえ、勘当されて、縁を切られてるんだったな。それで、番頭、しらばっくれたのかい」

友蔵、身を乗り出す。

「あたしは、すまないね、徳さん。顔を出せた義理じゃないが、おとっつぁんかおっかさんを呼んではくれまいか。すると、どこのだれかは知らないが、おまえのおとっつぁんとはだれのことだい。横柄《おうへい》にそう言いますから、この家の主人の近江屋作兵衛を呼んでほしい。すると、徳三が言いますには、近江屋作兵衛はこのわたしだ。おまえのようなせがれはいない」

「番頭の徳三が近江屋作兵衛。それはいったい」

「わけがわかりませんが、ここまできては、もう引き返せませんので、なりふりかまわず店先から大きな声で、おとっつぁん、おっかさん、あたしでございます。作之助が上方から戻ってまいりました。そう叫びました」

「ふうん」

「すると、騒ぎが奥に聞こえたものか、継母のお熊が出てまいります。おっかさん、あたしです。せがれの作之助でございます。すると、お熊、じろっとこっちを見て、どこのどなたか存じませんが、作之助ならば三年前に上方で亡くなり、すでに弔《とむら》いもすんでいる」

「おめえ、死んでるのかい」

「そう言われても、納得いかず、食い下がり、おとっつぁんはどこです。どういうわけで番頭の徳三が作兵衛と名乗るんですか、と問い詰めました」

「うん」

「するとお熊が言いますには、変な言いがかりはよしとくれ。先代の作兵衛は二年前に亡くなって、今は娘のお竹の亭主であるこの人が近江屋の主人、作兵衛だと」

「ははあ、なるほど。そういうわけか」

　良庵が頷く。

「徳三が奉公人に指図しまして、若旦那を騙《かた》る太いやつだと、叩き出されました。あたしばかりか、この子まで、道に突き飛ばされ、その上に、この寒空に冷たい水までかけられまして」

「ひでえな」

「そのあとはもう、金もなく、行くあてもなく、ふらふらさまよい、三日の間、橋の下で寝起きしましたが、なにも食べておらず、腹が減ると、夜は凍えるようでございます。で、この子が不憫《ふびん》で、ついお恥ずかしい真似をしてしまいました」

又兵衛は新たな怒りで、目を剝いている。

「あたしは、今さら近江屋の若旦那を名乗って、身代を寄越せなんていう気はありませんよ。おとっつぁんがいたら、頭を下げて、この子とふたり、なんとか暮らしが立つようにしてもらえないかと、甘い考えではございましたが、まさかあのように叩き出されるとは」

良庵はぽんと煙管を火鉢に叩きつける。

「おまえさんの話はあらかたわかった。偽者と言われ、手ひどい仕打ち。だけど、敵《かたき》を討ちたいとはどういうわけだ。いったいなんの敵だ」

「橋の下で、食うや食わずで考えたのでございます。近江屋は江戸でもかなり大きな酒屋です。その身代もたいへんなもの。お熊と徳三が示し合わせて、近江屋の身代を乗っ取ったに違いない。今から思えば、十二、三のあたしに酒の味を覚えさせたのはお熊、十六のあたしを吉原に誘ったのは徳三。あたしを道楽者にした上で、父に告げ口をし、上方に追いやった。三年前にあたしが死んだことにして、今度はほんとうに父が死ぬ。あたしの父はそれはもう頑丈でございました。二年前といえばまだ四十八。頑丈だから死なないということはないでしょうが」

「なるほど。先代が生きてちゃ、おまえさんが帰ってきたとき、都合が悪いか」

「それで、父の命を縮めたのではないかと。さらに思えば、あたしの実の母も病で亡くなっておりますが、あれもひょっとしてお熊が毒を盛り、そのあと、色仕掛けで父をたぶらかして、後添《のちぞ》えになったのでは」

「こいつあ、ちょいとした先代萩《せんだいはぎ》だぜ」

　友蔵が感心する。

「たしかに芝居のお家騒動だな。だが、作之助さん、それはみんな、おまえさんの頭の中だけで思いついたことだろう。なんの裏付けもない」

　良庵に言われてうなだれる作之助。

「はい。ですから、敵を討ちたくとも討てず、恨みを晴らしたくとも、晴らせず」

「ようし」

　友蔵が身を乗り出す。

「こうなりゃ、乗りかかった舟だ。おめえの言ったこと、どこまで当たっているかはわからねえが、近江屋の様子、ひとつ俺が探ってみようかねえ。どうです、先生。裏になにかの悪事があるかもしれませんぜ。またお知恵を拝借できれば」

「探るのは親分、御用聞きの仕事だ。面白い材料に突き当たったら、知らせてくれ。俺も退屈しのぎになる」

良庵は又兵衛を見て、

「いかがです、ご隠居様。この男の申すこと、まことならば、後妻と番頭が父の敵ということになります。ご加勢なさいますかな」

「うーむ。どうであろうなあ。その番頭がまこと敵であったとしても」

又兵衛は首を傾げる。

「おい、道楽者」

「はあ」

「そのほう、敵が討ちたいと申したが、仇討ちをなんと心得る。剣の修行をしたことはあるのか」

「いいえ、この通りの町人でございます。竹刀《しない》を持ったことさえございません」

「武家ならば、ご主君より仇討ち免状を受け、敵と堂々と斬り結ぶのが手順ではあるが、町人ならば、いかがであろう。相手も町人、仮にその番頭がそのほうの父を殺害したのならば、これは町方《まちかた》の手で捕縛し、牢に送り、断罪にすべきであろう。身から出た錆《さび》とは申せ、幼子を抱えてのそのほうの境遇、哀れではあるが、ここはわしの出る幕ではないのう。久々に助太刀でばったばった剣を振るえるかと思うたが、ぬか喜びであったようじゃ」

「おい、作之助さんよ。そうと決まれば、おめえの身の振り方だが、この江戸に身より頼りは他にねえのかい」

「近江屋だけをあてにしてまいりました。八年の間に江戸はすっかり変わり、まるで浦島太郎《うらしまたろう》でございます」

「友だちとか、幼馴染とか、ひとりやふたりいるだろう」

「八年前は近江屋の跡取り息子として、ちやほやされましたが、心から友と思える者はおりません」

「しょうがねえなあ。じゃ、先生、どうです。ここへ置いてやっちゃ」

「そいつは困る。病人じゃないから、二、三日すれば、よくなるだろう。それまではここにいていいが、そのあとはどこか行くあてを探してくれ。俺はどうも、人といっしょに暮らすのが苦手なんだ」

友蔵は又兵衛をそっとうかがう。

「ご隠居様」

「断る」

「まだなんにも言っちゃおりませんよ。本所のお宅はけっこう広いんじゃございませんか。お旗本のご身分にふさわしく、もうひとりぐらい下働きで、使ってやっちゃ」

「お妙が十二分に働いてくれておるでな。この上、奉公人などいらん。あんまり役に立たん三助に暇をとらそうかと思うておったぐらいじゃ」

「大殿様あ」

泣きべその三助。

「馬鹿めっ。冗談もわからんのか」

「こんなときに真面目な顔でいきなり冗談、洒落《しゃれ》がきつすぎますよう」

「俺んとこも手狭だしなあ。第一子供がいっしょじゃあ。おい、作之助さん、おめえ、今まであんまりまともに働いたことはなさそうだが、なにか、得意なことはねえのかい」

「さあ、上方の酒屋に長くおりましたので、利き酒ぐらいなら」

「お、そうかい」

友蔵はちょっと考える。

「女房を働かせて、子供の世話をしてたって言ったが」

「はい、申太郎が赤子の頃から、家で面倒を見ておりました」

「飯も自分で作ったのかい」

「まあ、子供に食べさせるぐらいのことは」

友蔵はぽんと膝を叩く。

「よし。俺が二吉のとっつぁんに口利いてやろう」

「えっ」

「おめえが食い逃げしたあの居酒屋だよ」

「でも、それは」

「あの店は夜は相当繁盛するんだ。去年の暮れ、おかみさんが亡くなって、娘とふたりで忙しそうだからな。食い逃げした罪をつぐなって、しばらくは只働きだ。三度の飯が食えて、店が閉まったら、小座敷があったろう。あそこで子供と寝起きすればいいや」

第二章　かまいたち

一

袴《はかま》も着けず、刀も差さず、髷《まげ》も町人風に結《ゆ》っている。今日の又兵衛はどこから見ても商家のご隠居さんである。

せっかく仇討ちの助太刀ができるかと意気込んでいたら、これが大いに肩透かしであった。老舗《しにせ》の放蕩《ほうとう》息子が身代を継母《ままはは》と番頭に乗っ取られたという。所詮《しょせん》は遊び呆けた報《むく》い、自業自得であろう。

ただ、幼子を抱え、偽者扱いされて叩き出されたのは、多少同情してもよい。また父親の死に疑念があるのもわからぬでもない。

が、たとえ番頭と継母の悪事が露見したところで、又兵衛が乗り出し、剣を振るって次から次へと悪人どもを成敗する勇猛果敢な血戦にはなるまい。

がっかりしている又兵衛に、三助がここぞとばかりに芝居を勧めた。

「やはり、中村座の将門がよろしゅうございますよ」

隠宅にじっとしていても退屈がつのるばかり。

では、芝居を見るとしよう。武士の芝居見物は憚《はばか》りがある。そこで、又兵衛は商家の隠居風、三助は若い手代、お妙は商家の女中というこしらえ。

三人そろって、意気揚々と芝居町までやって来た。

「大殿様、賑《にぎ》やかで、よろしゅうございますねえ」

「馬鹿者っ、このような往来で大殿と呼ぶな」

「あ、すいません、ご隠居様」

口数少ないお妙も久々に賑やかな場所に来て、表情は明るい。又兵衛と三助のやりとりに思わず微笑《ほほえ》む。

「さあ、さあ、着きましたよ」

堺町に堂々たる芝居小屋を構えているのが中村座。江戸の初めの寛永《かんえい》年間（一六二四～一六四四）に京橋で興行していた猿若《さるわか》座が、やがて中村座と名を変えて、ここ堺町に移転し、もう百年以上も芝居を打ち続けている。

大きな看板に外題《げだい》『将門装束榎』とある。絵看板には市川団十郎の将門、尾上《おのえ》菊五郎の田原藤太、中村富十郎《なかむらとみじゅうろう》の龍女《りゅうじょ》が描かれている。

「そろそろ三建目《みたてめ》の始まる刻限じゃ」

芝居茶屋の番頭に案内されて、幾組かの客が木戸をくぐっていく。

「さ、ご隠居様、わたくしたちも入りましょう」

ところが、

「ちょいとお待ちなさいまし」

木戸番に止められる。

「なんです」

「平土間はもう、満員で今日は札止めになっておりますんで」

「札止めじゃと」

又兵衛は木戸番を睨みつける。

「客が入っていくではないか」

「あのお客様は、ほれ、お茶屋さんから来られました桟敷《さじき》の方で」

「なにっ。桟敷」

「はい、お茶屋さんが押さえてる桟敷。で、平土間は札止め」

「ううっ、では、どうあっても、われらは入れぬと申すか」

又兵衛の気迫にたじろぐ木戸番。

「怖いね、どうも。へい、そういうわけで。なにしろ、今度の狂言はたいそう評判でしてねえ。申し訳ございません」

ぺこぺこと頭をさげる。

柳島町からここまで一里（約四キロ）、わくわくしながらやって来たというのに、くたびれもうけだ。三助は肩を落とす。

「ああ、もうちょっと早く出てくりゃ、よかったなあ。成田屋の将門、そんなに人気かい」

「そりゃもう、気の早いお客様は二建目から入って土間に陣取っておられます。この分だと序開きから来る人も出てくるかもしれない。どうもお気の毒様」

「残念じゃ」

「しょうがありませんや。大殿、いや、ご隠居様。じゃあ、葺屋町のほうに」

「市村座は平家と道成寺と申したな」

「さようで」

「わしは道成寺は好かぬ」

「そうでしょうが、まあ、ひとつどういう趣向か、ちょっと見るだけでも」

「うむ」

堺町と葺屋町、町名は違うが隣接しており、あわせて二丁町とも呼ばれ、界隈一帯が芝居町を形成している。

三人で仕方なく、葺屋町のほうへ足を向ける。と、後ろから声がかかる。

「ご隠居様じゃありませんか」

振り返ると友蔵である。

「今日はお芝居見物でございますか」

又兵衛は周囲を見回す。

「これ、友蔵。人目がある。大きな声を出すでない」

友蔵、あわてて口を押さえる。

三助は情けない顔で、

「ところがね、堺町の成田屋、人気があるんだねえ。札止めだって」

友蔵は大きく頷く。

「そうなんだよ。初日はそうでもなかったんだが、評判が評判を呼んで、どんどん客が来る。座元はもう、ほくほくさ」

「それで、仕方なしに葺屋町に回ろうかと」

「あ、あっちもけっこう混んでるぜ」

「ほんとかい」

「こっちであぶれた客があっちへ行くからなあ。向こうの演目もそう悪くなさそうだし」

「大殿、あ、ご隠居様、いかがいたしましょう」

「そうじゃな。せっかくまいったのである。中村座、市村座、どちらも入れぬなら、木挽町へまいるしか手立てはあるまい」

　それを聞いて、友蔵、ぽんと膝を打つ。

「どうです。それならひとつ、あたしにお任せくださいませんか」

　又兵衛は真剣な顔で友蔵を見る。

「なんと申す」

　この顔で見つめられると、さすがの御用聞きも総身が強張《こわば》る。

「いえ、実は、このすぐ先に万字屋《まんじ》ってえ茶屋があるんです。つい先だって、厄介な一件が持ち上がり、お役人に訴えると面倒だから、なんとかしてくれないかって。あたしがちょいちょいと片をつけたんで、恩に着られております。親分が芝居を見物するときはいつでも声をかけてくれって言われてるんで。あそこなら、急の客にも応対できるよう、桟敷を少しは押さえておりましょう」

「おい、いいのかい。そんな御用風吹かせて」

「いいってことよ。幼馴染の三ちゃんと、大事なご隠居様と、別嬪のお妙さんのためなら、あたしにひと肌脱がせておくんなさいまし。うん、三人ぐらいなら、なんとかなりまさあ」

「友蔵、そのほうの気持ちはかたじけないが、武家が芝居を見るはご法度じゃ。茶屋など通しては身分が知れよう」

「なあに、心配いりません。ご隠居様、どう見てもお武家には見えませんや」

しゃべりさえしなきゃ。と内心思いながら、

「あたしがうまいこと言いますよ。それにたとえご身分が知れたって、茶屋ってのは口が堅うございますから。決して外にもれる気遣いはありませんぜ」

　友蔵の口利きということで、茶屋の番頭に丁重に桟敷へと案内される。小屋の客席左右両側に設《しつら》えられた上席である。細かく仕切られてはいるが、三人で見物するには

充分に余裕があった。幕間《まくあい》には番頭が弁当を届けるという。いたれりつくせりである。

見下ろすと、平土間のほうは芋の子を洗うようなぎゅうぎゅう詰め。

「友蔵には礼を言わねばのう。お妙は芝居は初めてである。平土間でなくてよかったわい」

三助も頷く。初めて見るのに、窮屈な押し合いへし合いでは、若い娘にはたしかに気の毒だ。

すでに芝居は始まっており、舞台の上では田原藤太が瀬田《せた》の橋を渡る場面。

三人は桟敷から芝居の展開を見守る。

やがて、ぼそぼそ、ぼそぼそ、ぺちゃくちゃ、ぺちゃくちゃ。

声がする。隣の桟敷であろうか。仕切り板は薄い。どうやら客が芝居の場面をいちいち小声で話し合っている様子。

「女房と思うておったが、あれが」

「はい、田原藤太が菊五郎で、女房を演じますのが富十郎」

「それが龍女となるか」

「故事に瀬田で藤太が大蛇を踏む由来があり、それを表わしているのかと」

「なるほど」

芝居を見て、客が名場面や贔屓《ひいき》役者に声援を送るのはかまわない。

滑稽《こっけい》なしぐさやせりふで大いに笑うもよし。周りの客もつられて笑い、場が盛り上がる。

だが、客席でのひそひそ話は気になる。各桟敷は仕切られているので、隣からは姿は見えないが、声はよく聞こえるのだ。

口調からすれば武士のようである。江戸に出てきたばかりの勤番侍が芝居見物に慣れておらず、周囲を気にせずにしゃべっているのであろう。

ここは一言注意すべきである。

「隣のお方、狂言中でございますぞ。お静かになされませ」

又兵衛が声をかけた。

ぴたりと隣のひそひそ話は静まった。

これでゆっくり芝居が見られる。

すると、しばらくして、また、ぺちゃくちゃ、ぺちゃくちゃ。

「あの炭売りが団十郎だな」

「さようで」

「では、将門であろう」

「はい、将門が炭売りに身をやつしておりますのは」

又兵衛、ふたたび苛立《いらだ》ってくる。

昼間から芝居見物とは軟弱な武士なり。そもそも、武家の悪所通いはご法度であるぞ。

自分のことは棚に上げて。

「これ、狂言中ゆえ、私語はお慎《つつし》みなされよ」

隣の声が再び、ぴたりと止まる。

ほっとしたのも束の間、またぼそぼそ、ぺちゃくちゃ。

ううむ、ううむ、わからぬやつめ。作法を知らぬ田舎侍めが。

「こらっ、馬鹿めっ。静かにせぬかっ」

小屋中の客がいっせいに又兵衛の桟敷を見上げる。

舞台の役者も一瞬、動きを止める。

「まあまあ、ご隠居様、どうかお静かに」

三助があわてて、又兵衛をなだめた。

隣の会話は止んだが、しばらくして、戸障子の向こうで囁《ささや》くような声。

「ごめんくだされ。隣の桟敷の者でござる。さきほどは失礼いたした」

又兵衛が目で合図、三助がそっと戸障子を開ける。

丸腰だが羽織袴の武士が頭を下げ、小声で詫びる。

「てまえ、不調法でござった。お詫びいたす」

「うむ。おわかりいただければ、それでよい。それがしも言いすぎました。どうぞ、お顔をあげられよ」

すっと顔を上げる武士。歳は三十前後。身なりは立派である。その顔を見て、

「おおっ」

又兵衛は息を飲む。

「そなた、源之丞ではないか」

武士もまた驚愕。

「や、や、なんと。これは、父上。まさか。見違えましたぞ。その、そのなりはなんでございます」

「うーん、そなたこそ、なんじゃ。田舎侍かと思うたが」

「父上こそ、この目で見たのでなければ信じられぬ。おっ、それにおるは三助ではないか。貴様までいっしょになりおって」

「お殿様、お久しゅうございます」

平伏する三助。

他の席から声がかかる。

「狂言中でございます。お静かに」

無言で見つめ合う又兵衛と源之丞。

そこに若い侍がすっと顔を出す。小柄で貧相、あまり風采《ふうさい》はあがらない。

「源之丞、いかがいたした」

「はあ」

「隣はそちの知り人であったか」

「あ、いえ、はい。わたくしの、義父にございます」

上役らしく、源之丞は年下の貧相な武士にへりくだる。

「なんと、それは奇遇《きぐう》じゃ。そちの義父といえば、おお、そうか。なるほどのう」

若い武士は又兵衛に軽く会釈。

「それがし、芝居は不慣れでござる。作法を知らなんだ。お許しあれ」

さっと自分の桟敷に戻る。

あっけにとられた又兵衛。

「無礼な。なんじゃ、あの若造め。礼儀知らずにもほどがある」

またもや別の桟敷から声がかかる。

「狂言中でございますぞ。そちらのお方、どうかお静かに」

源之丞は小声で、

「父上、のちほど、幕間にて」

その後、隣の桟敷からはひそひそ声さえ聞こえてこない。

やがて幕が引かれ、源之丞が現れる。

「実はわたくしの連れ、あの方が、芝居のあとで父上とゆっくり語り合いたいと申されましてな」

「わしと語り合いたいじゃと」

又兵衛は眉間にしわを寄せ源之丞を睨みつける。

「ふんっ、いったい何者なのじゃ、あの貧弱な青二才め。歳は若いが、そなたの上役か」

「実は」

源之丞は周囲を見回し、又兵衛にすり寄り、そっと耳打ちする。

「な、なんと申す。もう一度申してみよ」

「ですから」

再び耳元で囁く源之丞。気丈な又兵衛がぶるぶると震えだす。

「そのようなことが」

「このこと、どうかご内聞に」

「ううう」

「で、父上の茶屋はどちらで」

又兵衛が呆然としているので、横から三助が、

「万字屋でございます」

「うん、さようか。父上、ちょうどよろしゅうございます。わたくしも万字屋でございますゆえ。芝居がはねましたら」

その後、又兵衛はほとんど口を利かなかった。次の幕間に茶屋から届いた弁当を食べる間も、ずっと黙って考え込んでいた。

「ご隠居様、ご気分でもすぐれませんか」

「よい、だまっておれ」

舞台もさほど楽しんでいるようには思えない。

東国で挙兵し、天下を狙う将門。龍女が出て白狐《びゃっこ》が出て、金貸しの百足《むかで》の百兵衛《ひゃくべえ》が実は藤原純友《ふじわらのすみとも》であり、団十郎が加藤重光《かとうしげみつ》となって恒例の暫《しばらく》。関東三十三国の

稲荷《いなり》を統《す》べる王子《おうじ》稲荷神社の装束榎の由来と将門謀反を絡ませた終幕。

芝居が終了するまで、又兵衛はずっと黙り込み、一声も発しない。

三人で万字屋に戻ると、友蔵が待っていた。

「ご隠居様、いかがでございました。成田屋の将門は」

「うむ」

又兵衛、三人を別室に控えさせ、ひとりで源之丞の座敷へとおもむく。

「おい、三ちゃん、いったいどうなってるんだい」

友蔵がつぶやく。

「実はね。大変なお方と桟敷で鉢合わせさ。それで、大殿様、ずっとなんにもしゃべらねえんだ」

「大変なお方、まさか、将軍様かい」

「ぷっ、冗談言っちゃいけない。いやあ、俺は今日ほど驚いたことはないや。桟敷で大殿とご対面なさったのは、番町のお殿様だ」

「というと、石倉家の今のご当主様」

「そうとも。大殿のお嬢様の婿養子。けっこうやりてでね。大殿様はずっと無役だったが、お殿様は西の丸に出仕なさってるって」

「西の丸。ふうん、偉いんだねえ」

「うん、偉いには違いないが、剣術がおできにならない。それで、大殿様、いつも軟弱者めって怒ってらしてね。ところが、人のことは言えないよう。謹厳実直、堅物《かたぶつ》の大殿様が町人に身をやつして浮わついた芝居見物だろ。よりによって殿様と大殿が隣合わせの桟敷でばったり。内緒の芝居通いがばれちゃった。あっちの殿様もまた、芝居を見てたんだから、さて、どんな一幕になるのやら」


又兵衛が座敷の外で声をかける。

「石倉又兵衛、参上いたしました」

すうっと戸を開ける源之丞。

上座にはさきほどの若侍が盃《さかずき》を片手に酒を飲んでいる。小柄ではあるが、顔は大きく、額は広く、顎が細い。あまり固いものを召し上がらないのであろう。

「近うまいれ」

「ははっ」

又兵衛は平伏したまま、すり寄る。

「知らぬこととは申せ」

「よい、よい、面《おもて》をあげよ。堅苦しい挨拶はいらぬぞ。小言又兵衛、今宵は無礼講じや。盃をとらす」

盃と言われて、一瞬躊躇《ちゅうちょ》する又兵衛。

「いかがいたした」

脇に控える源之丞が横から口を挟む。

「義父は下戸《げこ》にございますれば」

「ほう、武芸百般の荒武者と聞いたが、酒は一滴も飲まぬのか。ならばかまわぬ。下戸に酒を無理強いするは、野暮《やぼ》の骨頂《こっちょう》とか申すでな」

「源之丞、差し出がましいぞ」

又兵衛は婿をたしなめ、顔を少しあげる。

「石倉又兵衛、その盃、頂戴いたしまするぞ」

「父上」

「源之丞、黙っておれ。武士たるもの、お上《かみ》から死ねと言われれば、いつでも腹を掻っ切る覚悟じゃ。盃をとらすと仰せならば、ありがたく受けるのが臣下の勤め」

「よくぞ、申した」

又兵衛は小声で源之丞に指図する。

「今宵、わしは酒を飲む。すまぬが後ほど、控えにおる供の者に、わしを待たずに先に帰るよう伝えてくれ」

「承知いたしました」

「では、大納言《だいなごん》様、改めまして、頂戴いたしまする」

「おお、さようか。小言又兵衛、もそっと近うまいれ」

大納言と呼ばれた若侍、西の丸の将軍家お世継ぎ、今年二十になる従二位《じゅにい》権大納言徳川家治《いえはる》卿はうれしそうに盃を差し出した。


十三夜の月が満天の星とともに煌々《こうこう》と冴《さ》えわたっている。

友蔵は三助とお妙を通旅籠町《とおりはたごちょう》の角まで送った。

又兵衛から先に帰っておれと命じられた二人は、律儀に茶屋で食事もとらず、軽く茶菓だけですまして、大通りを歩いて行く。

武家奉公とはいっても、仕えているのは旗本の隠宅だから、さほど窮屈ではないだろうが、あの隠居は難物だなあ。口うるさいのは仕方ないとして、なんといっても下戸だから、酒飲みの気持ちがわからない。

粋《いき》な主人なら、奉公人に銭を持たせて、これでゆっくり飲んで行けとでも言うだろうに。

幼馴染の三助と飲めなかったのは残念であるが、どのみち、お妙がいっしょなので、酒に誘うわけにもいかぬ。友蔵は夜道に消えていくふたりの後ろ姿を苦笑しながら見送ったあと、すぐ近くの田所町のねぐらには帰らずに、またぶらぶらと芝居町のほうへ戻った。

興行は明るいうちと決まっているが、夕暮れになっても賑わいは続く。芝居茶屋の軒端《のきば》に吊るされた提灯《ちょうちん》にちらっと目をやる。

堅物で通っている隠居小言又兵衛、それが芝居小屋で婿殿にばったりとは、ちょいとした見ものだったろう。狂言では思いがけない出会いは定石《じょうせき》だが、こっちがよっぽど出来すぎだ。

さて、近江屋のもと若旦那、作之助はちゃんとやっているだろうか。二吉でも覗いて、お松の顔でも見ながら一杯ひっかけよう。

友蔵はひとり頷き、細い路地に入った。

「やい、やい、なにをしておるか。源之丞、それっ、注《つ》がぬか」

　ぐっと太い手を伸ばして、又兵衛は朱塗りの盃を差し出す。すでに顔色は赤黒く、目は据《す》わっている。

「父上、もうおよしなされませ。西の丸様の御前、そのように見苦しくお酔いなされましては」

「なあに、見苦しいだと。たわけが。その西の丸様、大納言様が飲めと仰せられたのじゃ。だから、わしは飲めぬ酒をこうして飲んでおる。そうではござりませぬか。大納言様」

　家治卿は酔った又兵衛を面白そうに見ている。

「よいぞ。無礼講じゃ。好きなだけ飲むがよい」

　源之丞はほとほと困り果てて、

「しかし、西の丸様。これ以上、無礼があっては」

「かまわぬ。飲みたいだけ飲ませてやるがよい」

　又兵衛は口の端を歪《ゆが》めて、婿を睨む。

「そうれみよ、源之丞。大納言様は話のわかるお方じゃ。さあ、注げっ」

　仕方なく銚子を傾ける源之丞。それをまた一気に飲み干して、

「うう、うまいのう。これはよい酒じゃ。さすがに茶屋は気がきいておる。そうではございませぬか、大納言様」

「ふふ、そうじゃな」

「それにしても、一度もお目見えしたことのない西の丸のお世継ぎ様が、それがしごときと酒酌《く》み交わし語り合いたいとは、いささか奇妙。いやはや、酔狂《すいきょう》なお方じゃわい」

「これ、父上、無礼でございますぞ」

「よい、よい」

　家治卿は気にする様子もない。

「無礼講じゃ。よいぞ」

「はっはっは、ありがたきしあわせに存ずる」

　そう言いながら、盃を突き出す。

「芝居小屋でのそのほうの小言。わしは芝居に慣れぬゆえ、不作法であった。が、あの周囲を憚《はばか》らぬ大胆不敵な音声《おんじょう》、小屋中に轟き、市川団十郎が動きを止めた。まさに噂通りじゃのう。ふふふふ」

思い出して笑う家治卿。

「とんだ悪名《あくみょう》でござる。うっふっふ。そのような噂が大納言様のお耳にまで達しておりますとは、又兵衛、不徳のいたすところなり。大いに恥じ入りまする。うわっはっはっは」

恥じ入ると言いながら呵々大笑《かかたいしょう》。

源之丞はあまりのことに息を飲む。下戸とは思っていたが、なんと義父は笑い上戸《じょうご》であろうか。

微笑みながら頷く家治卿。

「まだわしが竹千代《たけちよ》と名乗っておった頃、わが祖父有徳院《ゆうとくいん》様より、そのほうのこと、何度か聞いておる」

有徳院とは八代将軍吉宗公である。

「なんと仰せられます。大御所様がそれがしのことを」

「わしは祖父には可愛がられての。物心つくかつかぬ頃よりお膝の上でお話をうかがったものじゃ。あるとき、祖父は申された。今の世は上にへつらい下に媚《こ》びる者ばかり。上にも下にも堂々と意見し、しかも武芸百般の強者《つわもの》。その名を小言又兵衛。これほどの忠義者をお役御免にするとは嘆かわしいと」

感極まる又兵衛。

「大御所様がそのようなこと、仰せられましたか」

「わが父が公方《くぼう》となられたときのことじゃ。そのほうをお役御免にしたのは、わしの父である」

家治卿の父は九代将軍家重公である。

「それがし、ただの武骨者でございますゆえ、お役御免はいたしかたないこと。不《ぶ》調法《ちょうほう》で同輩とも上役とも酒の付き合いをいたさず、気になることを黙っておられず、周りの者から煙たがられて、小言又兵衛などとあだ名され、家では娘にも、この婿の源之丞にさえ疎《うと》んじられ」

あわてる源之丞。

「父上、なにを申されます」

家治卿は微笑んで、

「のう、又兵衛。そのほうのお役御免であるが、祖父は申された。武家の棟梁《とうりょう》たる征夷大将軍《せいいたいしょうぐん》がいったん裁決を下したことに、大御所が横槍を入れてはご政道の乱れ。とはいえ、忠義一徹の又兵衛を無役にするは惜しい。いずれ、役に立つときも来ようと」

それを聞いて又兵衛ははらはらと涙を流す。

「なんと、大御所様がそのように」

「上に立つ者は心せねばならぬと」

「ううっ、ううっ、ううっ、うわあああ」

今度はなりふりかまわず、声をあげて泣く又兵衛。

源之丞は再び驚く。笑い上戸《じょうご》と思えば泣き上戸。

「おおい、源之丞、注げ。盃が空いたら、黙っておっても注ぐものじゃ。気のきかぬ婿じゃなあ」

涙をぬぐって、盃を差し出す。

「はあ、しかし、父上。ほどほどになさいませぬと。お体にも障《さわ》りましょう」

「けっ。馬鹿を申すな。ひ弱いそちと違うて、若い頃から鍛えておる。これしきの酒、一升や二升、いかほどのこともないわい。ほれっ、注がぬか」

源之丞は又兵衛の醜態にただただ呆れるばかり。いくら無礼講とは申せ、将軍家お世継ぎに対し、大声で好き放題にしゃべりかけ、御前でがぶがぶ酒を飲み、笑ったかと思うと泣いて、暴言を吐く。

石倉の家に婿に入って十年。義父が酒を飲むのを見たのは、これが初めてである。

祝言《しゆうげん》でも飲まなかった。正月にも飲まず、二年前の市太郎の袴着にも飲まなかった。

一朝事《いっちょうこと》あるときに、酔って後《おく》れを取ってはならぬ。ゆえに武士は飲むべからずというのが信条であったが、これほど酒癖が悪いとは。だから飲まなかったのだな。

そう思いながらも、ただおろおろと見守るばかり。

一方、家治卿はと見れば、又兵衛の大胆不敵な酔いっぷりを面白そうに眺めておられる。

「ときに、大納言様」

又兵衛は据わった目で、家治卿をじっと見る。

「芝居は見慣れておられぬとの仰せでございますが」

「さよう。まだ、見始めたばかりじゃが、面白いのう。ただ、わからぬことも多く、つい源之丞に聞いてしまう。たしかに、はた迷惑であったかのう。このたびの中村座がまだ三度め、作法を知らぬ若造ゆえ許せ」

「三度。三度となあ」

目を怒らせる又兵衛。

「そんなにごらんなされたか。それは、いかなるきっかけでございまする」

家治卿は軽く頷く。

「うむ。あれは本丸の能舞台で父といっしょに道成寺を見たおりのこと、父はあの通りのお方ゆえ、大きにあくびをなされ、途中で席を立たれた」

「上様がでござりまするか」

「父の側に控えておる田沼主殿《たぬまとのも》が、すぐに父を連れ戻し、ことなきをえた。たしかにわしもあれは退屈じゃと思うておったので、我が意を得たり。これなる源之丞が同じ道成寺でも芝居のほうは面白いと申すのでな」

「なんと。源之丞、そなた、そのようなことを大納言様に申し上げたのか」

源之丞はあわてて首を横に振る。

「ああ、いや。そうではございませぬ。お能のあと、つい口がすべりましたのが、回り回って、西の丸様のお耳に入り」

にっこり笑う家治卿。

「で、城を抜け出し、源之丞に案内させ、森田座で見た道成寺の見事なこと。女形の美女ぶりは、まさにこの世のものとは思えぬ」

それを聞く又兵衛の顔はゆで蛸《だこ》のごとく真っ赤である。

「うーむ」

家治卿は夢見るように目を細めて続ける。

「それにも増して芝居小屋にひしめく客のなんと活《い》き活《い》きしておることか。役者に喝《かっ》采《さい》する町人たち。茶屋で飲む酒のうまさ。わしは病みつきとなったのじゃ。が、たびたび城を抜け出すこともかなわぬ。で、まだ三度しか見ておらぬ」

又兵衛、赤黒い顔に筋を立て、源之丞を睨みつける。

「秋に市村座で見た五人男もなかなか、すぐれておったぞ。で、このたびの顔見世は中村座の将門が大いに評判とのことゆえ、ようよう見ること叶《かの》うた。満足じゃ」

又兵衛は我を忘れ今にも脇差を振り回さんばかり。

「おのれ、おのれ、慮外者めが。大納言様に悪所通いを教えるとは、不届き千万。武家が芝居を見るはご法度じゃ。このことが世に知れたら、お家断絶どころではない。そなたは死罪。市太郎も罪は免《まぬか》れぬぞ」

家治卿はあわてる。

「又兵衛、源之丞には罪はない。わしが無理強いしたのじゃ」

「なにを申されるか。大納言様も同罪でございまするぞ。天下の法を守るべきお方が自ら法を破られては、万民に示しがつきませぬ」

「このことは、他にはだれも知らぬ。わしと源之丞だけで」

「なにっ、ふたりだけとは。他に供のものはおらぬのか」

「父上、さようにございます」

「大事な天下のお世継ぎ様が警護もつけず、そなたのような未熟者とふたりだけで西の丸を。途中でなにかあれば、いかがいたす」

「お曲輪《くるわ》から茶屋までの間、辻駕籠《つじかご》を用意しております」

「辻駕籠となあ。で、駕籠屋に大納言様の素性は」

「ここはわたくしの懇意の茶屋。駕籠屋にも茶屋にも、ご身分は知らせておりません。さる大名の若様とだけ」

畳に額をこすりつけて、懇願する又兵衛。

「大納言様に申し上げまする。御身になにかあれば、天下の一大事、これ以後はどうか、悪所通いはお慎みくだされませ」

「だがな、又兵衛」

家治卿は笑顔を崩さず。

「そのほうも、芝居見物、よほど好きとみえるがのう」

月明りに照らされて、一丁の辻駕籠がお濠端《ほりばた》を南に向かっている。夜も更《ふ》けて、お濠と反対側に並ぶ町家はひっそりと寝静まり、歩く者とていない。

駕籠脇にぴたりとついて、速足で進む武士は石倉源之丞。かなり遅れて、足取りも覚束《おぼつか》なく、よたよたと酔いどれの又兵衛。が、腰には見事な大刀を帯びている。

実は帰り際、茶屋の出口に待たせた辻駕籠の前で一悶着《ひともんちゃく》あった。源之丞だけでは警護が心もとないので、自分も同道すると又兵衛が言い張った。かなり酔っており、町人の扮装で丸腰、それでは役に立たぬと源之丞に言い返されて、では刀を貸せと詰め寄る。

腕の未熟なそなたでは、帯刀は無意味、自分ならばと強要する。

酔っ払いに侮《あなど》られた源之丞は意地になり、刀は武士の魂、いくら父上の頼みでも貸せませぬ。いや、貸せ、貸さぬで押し問答の末、見かねた家治卿が駕籠の中より自分の大刀を差し出し、又兵衛に貸し与えたのである。

駕籠は芝居町から日本橋魚河岸《うおがし》を過ぎ、一石橋《いっこく》を渡って、お濠端の町場を南に進む。家治卿をなるべく歩かせないために、鍛冶《かじ》橋のあたりまで駕籠を使うのだ。

いつもなら威勢よく、えいほっ、えいほっと声を掛け合う駕籠屋も夜間は遠慮して声は出さない。

　そろそろ鍛冶橋が近づいてきた頃合い、濠端の柳の木から大柄な人影がぬっと姿を現し、両手で駕籠の行く手をふさいだ。

「あいや、しばらく、お待ちくだされ」

　駕籠屋はあわてて、足を止める。

　月明りに浮かび上がったのは着流しの浪人。髭《ひげ》も月代《さかやき》も伸び放題で、目だけがぎらぎらと光っている。

「お退《の》きなされ。通行の邪魔であるぞ」

「用があるから、止めたのだ。町駕籠でお曲輪に戻られるとは、ご身分ある方の隠れ遊びと見たがどうじゃ」

「なにっ」

「手前、このところ手元不如意《ふにょい》で困窮いたしておる。そこでいささか、いただきたいものがござってのう」

　浪人はさっと刀を抜く。

「わああ」

　追いはぎと見て、駕籠屋は叫び声をあげて逃げ出す。

「源之丞」

駕籠の中から家治卿の声。

「財布ごと、与えよ」

浪人、不敵に笑って、

「いやいや、いただきたいものは金ではない。みんな、出てまいれ」

「おう」

暗闇から数人の浪人。

「駕籠の中のお方、出てきて、われらと立ち会うか。それとも、駕籠の中で無様《ぶざま》に串刺しになるか」

「おのれ」

源之丞は刀を抜いて、構える。

「ほう、なかなかの屁っぴり腰。張り合いはないが、まずは貴様から真っ二つにしてくれよう」

にやにやしながら髭の浪人が大きく刀を振り上げたその刹那《せつな》、闇の奥からびゅうっと不気味な音をたてて、駕籠の周りで一陣のつむじ風が舞いあがった。

二

ああ、いい湯だわい。

又兵衛は町内の湯屋《ゆうや》で、どっぷりと湯舟に浸かっていた。正午を過ぎた頃で、客はほとんどいない。

身内に残っていた酒の毒が少しずつ消えていくようだ。酒はまさに毒であり、その禍々《まがまが》しい成分が皮膚を通して熱い湯の中に溶け出すと、ぼんやりしていた頭もすっきりしてくる。

昨夜は思いがけず飲んでしまった。なんと十一年ぶりである。

十一年前に、二度と酒は飲むまいと誓ったのに、その禁を破ってしまった。

まさか、芝居町の桟敷で婿に出会うとは。しかも、婿の連れというのが将軍家お世継ぎ大納言家治卿であったとは。

滅多なことでは動じない又兵衛だが、さすがにうろたえた。

大納言様からの盃、断るわけにもいかず、つい一杯。一杯が二杯、二杯が三杯。あとはもう、なすがまま。酒の恐ろしさは飲めば飲むほど止まらなくなることだ。飲めば酔う。酔えば無礼な振る舞い。世間では酒の上の不埒《ふらち》を大目にみることも多い。が、酒の上の失態こそ、厳しく戒《いまし》めるべきである。

それにしても、源之丞め。大納言様を悪所の芝居に連れ出すとは、なんという浅はかな真似を。もしも万が一、間違いがあっては天下の一大事。取り返しがつかぬ。茶屋で婿を叱りとばし、恐れ多くも酔った勢いで大納言様に向かって苦言を申し奉り、そして。

そして、どうなったのか。その後のことは、ほとんど覚えておらぬ。気がついたら朝で、隠居所の座敷で寝ておった。

どこをどうして帰ったのやら。小者の三助がいうには、夜遅くに辻駕籠に送られてきたとか。家の前で駕籠屋になにやら小言を言っていたとか。まったく覚えがない。

酒は慎むべきであろう。

湯からあがると、洗い場で三助が背中を流してくれる。

「大殿様、昨夜はお疲れでございましたなあ」

「うむ。いささか酩酊《めいてい》いたしたようじゃ」

湯屋で客の背中を流す奉公人を俗に三助というらしいが、わが三助も上手《じょうず》にぬか袋を使う。ああ、よい気分である。

どやどやっと、近所のがさつな職人どもが数人、騒がしく入ってきた。

「ううっ、寒い、寒い」

しゃべりながら湯舟に飛び込むようにして浸かる。

「寒いときは、やっぱり湯が一番だねえ」

「ほんと、ほんと」

ぶくぶくぶく。

「おい、だれだよ、いきなり湯の中で屁《へ》なんかこきやがって」

「へへ、すまねえ」

「金《きん》さん、へへじゃねえよ。それ洒落《しゃれ》てんの。いやだなあ」

「悪い。さっき芋食ったんだ」

「いたちの最後っ屁じゃあるめえし」

「あっ、いたちといえば、ゆうべ、かまいたちが出たそうだな」

「なんだい、かまいたちって」

「知らねえのかい。いたちの化けもんだ」

「それなら、俺、知ってるぜ。見たことある」

「ほんとか、金さん」

「うん、奥山《おくやま》の見世物小屋に出てた」

「かまいたちがかい」

「ああ、かまいたちっていうかなあ。六尺（約一八〇センチ）ある大いたち。木戸銭がわずか八文ってんでね。中に入ったら、大きな板が立てかけてあって、板の真ん中あたりがなにか黒いもんで汚れてるんだ。で、呼び込みの男に聞いたら、六尺の大きな板に黒い血がついて、それで大いたち」

「ちぇっ、聞いてられねえや。そうじゃねえよ。かまいたちってのは、目に見えねえ鎌を持ったいたちが、つむじ風に乗って飛んできて、人を切り刻むってんだ」

「ほんとかよう」

「ほんとだって。風が吹いたかなあと思うと、知らないうちに切られてる。切られどころが悪いと知らないうちに死んでるってんだ」

「へええ。おめえ、いい加減なこと言うからなあ」

「現にやられたのがいるんだ。俺が聞いた話じゃ、なんでもゆうべ、火の用心の夜回りがお濠端、鍛冶橋あたりを回っていたそうだ」

「ははあ、火の用心で鍛冶橋とは洒落かい」

「そうじゃねえよ。しっかり聞きな。道の真ん中に髭面の男が座ってる。これがにやにや笑ってるんだ。こんなところで、なにを笑ってんだろうと、提灯を近づけてよく見たら、その男、腰から下がなかった」

「なんだい。なかったってのは」

「だからね。ちょうど臍《へそ》のあたりから、胴切りにあって、腰から上だけが道の真ん中に座って笑ったまま死んでたんだ。すぐ横に腰から下が両足を投げ出して転がってたそうだ」

「うええ、気味が悪い」

「で、夜回りがびっくりして腰を抜かし、ふっと横を見ると、そこには頭から左右に真っ二つの死骸が倒れてる」

「へええ」

「他にも首のない胴体やら、ばらばらの死骸がいっぱい。夜回りが番屋に駆け込み、そこから南の御番所に知らせがいって、朝から江戸中が大騒ぎだっていう噂、おめえ、知らねえのかい」

「それが、その化けもの、かまいたちの仕業《しわざ》だっていうのかい」

「そうとも。奥山の大いたちとはわけが違わあ。胴切りにしろ、真っ二つにしろ、切り口がすぱっとなめらかで、とても人間業とは思えねえ。ばらばらの死骸を集めたら、どうやら五人、どれも浪人らしいってんだがね」

職人たちの他愛ない噂話が耳に入る。

又兵衛はふふんと鼻で笑おうとして、ふと、気になった。

「大殿様、いかがなされました」

「いや、なんでもない」

なんでもないが、胴切りとか真っ二つとか、頭の隅に引っかかる。そんな夢を見たような、見なかったような。夢は五臓の疲れというが、酒が体を弱らせるのか。これから後は、たとえ上様直々《じきじき》に勧められても断るといたそう。


湯屋ですっかり酒も抜け、隠居所に戻ると、座敷に源之丞が待っていた。

「父上、昨夜はどうも、申し訳ございません」

畳に両手をついて、深々と頭を下げている。

将軍家お世継ぎを無謀にも芝居小屋に連れ出すとは、愚か者めと叱りたいが、自分もまた芝居小屋にいたのだ。これはちと気まずい。

「まあよい。が、芝居見物のこと、美緒《みお》には黙っておれ」

娘には知られたくないのだ。

「わたくしもお忍びの西の丸様といっしょに芝居を見たなど、たとえ身内であろうとも、だれにも申せません」

娘の美緒はけっこう気が強い。この婿はどちらかというと尻に敷かれているようだ。

「そなた、けっこう好きなのか、芝居は」

「はあ、実を申せば部屋住みの頃より、たびたび見ておりまする」

急に目尻を下げる。

「なんと」

又兵衛は呆れる。武士のくせに、軟弱な。

「今年の顔見世、忠臣蔵が流れて残念に思うておりましたが、昨日の将門はたしかに評判、成田屋はたいそう腕をあげましたなあ」

「これっ」

はしたないぞ。

「いやいや、父上、昨夜はまことに驚きましたぞ」

「うむ。あのような場所でそなたに出会うとはのう」

又兵衛は苦笑する。

「いえ、そのことではなく」

「ああ、あのことか」

あれは失態であった。

「そなたの前で酒を飲むのは初めてであったな。面目《めんぼく》ない。なにしろ、十一年ぶりのことじゃ。もともとわしは下戸《げこ》で、十五の元服のおり、たった一口で目が回った。体が受けつけぬ。無理に飲むと無様《ぶざま》な酔いかたをする。さぞかし大納言様に無礼なことをいたしたであろう。自分がなにを申したのかさえ、定かに覚えておらぬ」

「いえ、さすがは豪傑と、父上の豪快な飲みっぷりには西の丸様も驚いておられました。が、それよりもなによりも、わたくしが驚嘆いたしましたのは、あれだけ酔うておられて、あっという間もなく、賊《ぞく》どもを」

又兵衛は眉をしかめる。

「待て。賊とはなんのことじゃ」

「ですから、昨夜、西の丸様の駕籠を襲った狼藉者《ろうぜきもの》を父上が」

「待て、待て」

顔色を変えて、手で制する。

「大納言様を狼藉者が。それはまことか。して、いかがいたした」

「父上、いかがなされました。お顔の色がすぐれませんぞ」

「それより、昨夜のこと、いま一度、詳しく申せ」

源之丞は大きく頷く。

「鍛冶橋の手前までまいりましたとき、柳の陰より不逞の浪人らしき者が現れ、両手を広げて駕籠を止め、いきなり抜刀いたしました。追いはぎと思うてか、人足どもは西の丸様を乗せた駕籠をそのままにして逃げ出し、わたくしはお駕籠を護らんと刀を構えました」

「ううむ」

又兵衛は考え込む。

「その浪人は髭を伸ばしておったか」

「はい、髭も月代も伸び放題でございました」

「大上段に構えて、にやにやと笑っておったな」

「さようでございます」

「駕籠脇に構えるそなたは、どうにも腰が引けておった」

源之丞は肩を落とす。

「お恥ずかしゅうございます」

「その構えでは斬られるぞ。そう思い、わしは駕籠の前まで一気に駆けて」

「かなり離れて千鳥足《ちどりあし》で歩いておられた父上が、いきなり、まるではやてのごとく、浪人の前に飛び出すや」

「抜き打ちにそやつの胴を払った」

「はい、さようでございます」

自分の言葉に呆然とする又兵衛。

「おお、夢かと思うていた。昨夜のこと、だんだんと思い出したぞ」

「目にもとまらぬお働き」

「曲者《くせもの》の胴を払ったが手応えがない。そやつはにやにやと笑っておる。酔って不覚をとったかと思うたら」

「浪人の胴が、腰からするりと落ちました。見事な胴斬りで、その者は笑ったまま息絶えておりました」

「狼藉者はあと四人であったな。ひとりがすかさずかかってまいったので、わしは真っ向から唐竹割《からたけわ》り」

「いやあ、わたくし、実を申せば、人が斬られるのをこの目で見るは初めてのことにございます。曲者は物の見事に真っ二つ。あまりのことに、あとの三人は恐れをなして、背中を見せ、逃げ去らんといたしましたが」

　又兵衛の目がらんらんと光を帯びる。

「逃がしてなるものか。わしは追いつき、ひとりの首を打つと、胴体だけが二、三歩駆けて倒れた」

「父上は残る二人もすぱすぱとお斬りなされました」

　呆然とする又兵衛。芝居の一場面のように昨夜のことが甦《よみがえ》った。

「おお、夢ではなかったのだ」

「父上がこれほどお強いとは、夢にも思いませなんだ。まことに感服いたしました」

「が、返り血はひとつも浴びてはおらぬ」

「あまりの素早さに、血が噴き出る前に次の獲物へと向かわれて。まるでつむじ風でございます」

　が、又兵衛は首を傾げる。

「昨夜のわしは町人のなりをしていた。丸腰であったはずじゃ。あの刀は」

「それもお忘れでございますか」

　源之丞は刀袋を差し出す。

「これをお改めください」

袋から刀を取り出し、一礼して朱鞘《しゅざや》からするりと抜く又兵衛。

「おお、これが」

「はい、西の丸様の差し料でございます」

ぎらぎらと光を放つ刃《やいば》。

「では、昨夜、大納言様がこれをお貸しくだされたのじゃな。わしはこの刀で曲者どもを」

「さようでございます」

「もったいないことじゃ。が、それにしてもよほどの業物《わざもの》。五人もの男を次々と切り裂き、刃こぼれひとつない。血糊《ちのり》のあとも残っておらぬ。うーん。」

又兵衛は唸る。

「さすがは将軍家の持ち物である」

「父上」

源之丞は改まり、

「昨夜のお働き、西の丸様がたいそうなお喜びで、あれほど深く酔いながら敵を残らずたいらげるとは、小言又兵衛、聞きしに勝る勇者なり。その刀を与えつかわすと仰《おお》せられました」

「なに」

「父上ほどの使い手ならば、その名剣にふさわしいとの仰せでございます」

「これをわしにくだされるというのか」

又兵衛は刀を鞘に戻して押し頂く。

「いまひとつ、昨夜の曲者ども、ただの追いはぎとも思えませぬ。あるいは西の丸様と知った上での狼藉やもしれず」

「うむ。酔うておったので、考える間もなく、ひとり残らず斬り捨てたが、ひとりは生け捕りにすべきであったな」

「そこで、西の丸様が今後お忍びのおりには、父上に警護を願いたいと」

「なんと申す」

驚く又兵衛。

「隠居のわしに西の丸様の警護じゃと」

「はい」

「懲《こ》りぬお方じゃな。お忍びで再び遊び歩かれるおつもりか。二度と芝居などお見せしてはならぬ。心せよ」

「それは重々承知でございます。父上、ですが、お命狙われておられるとすれば、警護のこと、お引き受けいただけますか」

又兵衛は静かに頷く。

「引き受けるも受けぬもない。隠居の身ではあるが、願ってもない。黙って従うまでじゃ。が、大納言様より拝領のこの刀、名剣というよりは妖刀かもしれぬ。屈強の男どもを手応えもなく肉を裂き、骨を切り、真っ二つにするとは、まるでかまいたちじゃな」

「はい、今日は朝から江戸の町々ではそのような風聞が広まっておる様子。剣も持ち手を選ぶのやもしれませぬ。父上が武芸百般とは存じておりましたが、あれほど凄《すさ》まじい剣技。もしや、今までにも人を斬られたことがおありなのでは」

「今は泰平の世。武士が剣で手柄を立てることもない。武術の腕が優れていても出世とは無縁。が、剣こそ、まことの武士の道と思うてきた。この腕が西の丸様のお役に立てるなら、冥利《みょうり》につきる」

又兵衛はぐっと源之丞を見つめる。

「剣術の腕と殺生《せっしょう》することはまた別。そう思うておったが、いまひとつ、そなたに伝えておくべきことがある」

「なんでございましょう」

源之丞は改まる。

「ふた月前のこと、護持院ヶ原で仇討ちがあったのを存じおるか」

「護持院ヶ原の仇討ち。例の忠臣蔵もどきの一件でございますな。まだ若い討手《うって》に対し、卑劣な敵《かたき》が金にあかせて不逞の浪人や博徒を雇い、赤穂義士の扮装で返り討ちにせんとした」

「そうじゃ。よく知っておるな」

「たいそうな評判でございました。討手の助太刀が鬼神の働き、四十七人の義士どもを残らず斬り捨て」

「二十四人じゃ」

「え」

「義士どもの数は、敵の谷垣玄蕃を入れて二十四人であった」

「まさか父上」

ぽかんと口を開けたままの源之丞。黙って頷く又兵衛。

「父上が護持院ヶ原の助太刀とは」

「助太刀はわしひとりではなかったのでな。わしが斬ったのはせいぜい十人ほどじゃ」

源之丞は息を飲む。

「十人、昨夜のお働きを見れば頷けまする」

「今、わしに仕える女中のお妙じゃが」

「はい」

小言ばかりで奉公人に嫌われる又兵衛に、よくぞ、あのような美しい女中がと内心不思議に思う源之丞である。

「あのお妙は先般、護持院ヶ原で本懐を遂げた結城小太郎の姉である」

「ほう、さようでござりましたか」

「が、このこと、決して美緒には言うまいぞ」

三

妖怪かまいたちの噂は早刷りの瓦版《かわらばん》に書き立てられて、江戸中に広まった。

「先生、いますか」

「ああ、友蔵か。入れ」

高砂町の診療所を訪ねると、板の間の長火鉢の前で、良庵が本を読んでいる。漢籍でも和書でもなければ、異国の本でもない。柔らかい浮世草子であろうか。

相変わらず閑《ひま》だなあと思いながら、友蔵は火鉢の前に進む。

「先生、この世に化け物ってのは、いるんでしょうかねえ」

「はっは、いきなりなんだ。化け物。そんなものいるわけないだろ」

良庵は一笑に付し、ぽんと本を投げ出す。

「いませんか」

「うん。いないねえ。天狗《てんぐ》とか河童《かっぱ》とか、一つ目小僧に大入道、雪女にのっぺらぼう、そういうのは人が勝手に作り出したもので、まず、いない」

「天狗や河童はいないんですか」

「いたら、面白いがな」

「だけど、象ってのはいたでしょ。両国《りょうごく》で見世物になって、たいそう評判だったそうです」

「ありゃあ、化け物じゃないよ。あそこまで大きな生き物は珍しいが、異国にはいくらでもいる。人を飲み込む大蛇だっているが、ほんとにいるものは、化け物でも不思議でもない」

「ふうん。ほんとにいたら、化け物じゃない。じゃあ、鬼や天狗がほんとにいたら、それはもう化け物じゃなくて、異人みたいなものですね」

「ふふ、おまえ、それは屁理屈ってもんだ」

「幽霊はどうです。出たって話はよく聞きますけど」

「馬鹿馬鹿しい。あんなものは、ただの心の迷いだ。人が恐れから作り出す幻だ。いると思う者には見えるかもしれないが、信じなければ、出てこない」

「ふうん」

「俺は疑り深い質《たち》だからな。化け物がいるなんてやつがいたら、嘘をついてるか、なにかの見間違いか、頭のおかしいやつの戯言《ざれごと》とみて、まず間違いないと思っている」

「先生にあっちゃ、かなわないな。じゃあ、これはどうです」

友蔵は一枚の瓦版を差し出す。

空中に風が渦を巻き、その中に前足が鋭い鎌となったいたちの絵。地面には胴斬りになって、上と下が別々になって笑っている髭面の浪人。

「なになに」

良庵はさっと目を通す。

「かまいたち、ほう、浪人が胴斬りで真っ二つ、目に見えぬつむじ風」

「一昨日の夜、お濠端で夜回りが死んだ浪人を見つけて、腰を抜かしたってんですがね。その絵のように、見事に胴体が斬られてたそうです」

「おまえ、瓦版なんてものは、嘘ばっかり。面白おかしく書き立てなきゃ売れないからな。昔から、浜に人魚が打ち上げられたとか、夜道で狐に化かされたとか、よくある話なんだ。第一この絵だが、ももんがじゃあるまいし、いたちが鎌持って空を飛ぶかよ」

「でもね、先生」

友蔵は身を乗り出す。

「その瓦版は嘘にしても、真っ二つの浪人が死んでたのはほんとうですよ。御番所は昨日から大騒ぎ。旦那方もてんやわんや」

「ふうん、奉行所が。すると、おまえは見たのかい。胴斬りの死骸」

「いえいえ、ご検視は朝早くに終わって、あたしが駆けつけたときには、もうなんにも残っちゃいませんでした。見たかったなあ」

「へえ」

「町方の旦那の話じゃ、斬られてたのは浪人が五人で」

「五人、瓦版の絵はひとりだけだが」

「瓦版なんてものはいいかげんですから。浪人が五人、乱闘のあともなく、まるで据《す》え物斬《ものぎ》りのようにすっぱりと。近所に聞き込んでも、夜分に騒ぎがあった様子もない。かまいたちかどうかは知らないが、魔性の化け物が現れて、あっという間に斬り殺したんじゃないかってのが、まあ、町の噂」

「凄腕《すごうで》の辻斬りだろう。新刀の試し斬りか。あるいは浪人相手の腕試しか。剣の名人なら、兜《かぶと》だって叩き斬るというからな」

「なんにしろ、こんな化け物みたいなのが相手じゃや、とてもあたしの出る幕じゃありませんや。かまいたちはついでの話で」

良庵は頷く。

「近江屋の一件だろ。どうせ閑だ。退屈しのぎに話を聞くぜ」

「へっへ、なんでもお見通しだな。それが、あっちもどうも手詰まりでしてねえ。二吉の店じゃ、食い逃げの若旦那、一所懸命働いてました。上方《かみがた》にいるときは女房を外で稼がせて、自分は家で子供の世話をしてたってえから、ちょっとした台所仕事なんかもできる。二吉のとっつぁんにはいい人を連れてきてくれたって、礼を言われました」

「男の素性は店には言ってあるのかい」

「いいえ、近江屋のもと若旦那で、しかも父親の敵《かたき》を狙ってるなんて話はとてもできません。上方で女房に死なれて、江戸の身よりを頼ったら、あてが外れて路頭に迷ったというそんな話を伝えておきました」

「それでいい。八年ぶりに江戸に戻ると近江屋は先代が死んでいて、若旦那の作之助を偽者として追い払った。近江屋じゃ作之助は三年前に死んだことになっており、江戸には知り合いがひとりもいない。おまえ、この話をどう思う」

「おそらくは、継母と番頭が手を組んで、店を乗っ取ったんでしょう。先代を殺したかどうかは別として」

「さっきも言ったように俺は疑り深い人間だ。まず、近江屋の若旦那作之助ってのを疑うね」

「えっ、そうなんですか」

「江戸を離れたのが十七。といえば、まだ顔立ちは大人になりきっていないよ。八年も経てばずいぶんと変わるだろう。年格好顔かたちの似た者が、若旦那と言い張って、乗り込んできてもおかしくない。一番の身内の父親作兵衛が二年前に死んでるんだ。あとは継母と番頭だけ。本人かどうか見分けのつく者もそうはいまい。近江屋は大身代、勘当の身とはいえ、元若旦那を名乗ればいくらかにはなるだろう」

「えっ、じゃあ、あの作之助が偽者」

「店の者はおろか、江戸に知り合いがひとりもいないってのも引っかかる」

「本物の作之助は」

「とっくに上方で死んでいる」

「へええっ。あの食い逃げ野郎、騙《だま》しやがったな」

良庵、大きく笑う。

「なにがおかしいんです」

「おまえも御用聞きの端くれなら、人の話を鵜《う》呑《の》みにしちゃ、いけない」

「へ」

「作之助が偽物というのも、考えられなくもないという話だ」

「じゃあ、あの男、ほんものですか」

「おまえはどう思う」

友蔵は首をひねる。

「うーん、わからなくなった」

「二、三日、ここで養生している間、いろいろと詳しい話を聞いたが、ひ弱い若旦那が上方で女ができて、勘当され、子供も生まれたが、女房がいなくなり、切羽詰まって江戸に戻ってきた。というのに嘘はなさそうだな」

「なあんだ。先生も人が悪いや。作之助はほんものの近江屋の若旦那なんですね」

「おまえがかまいたちなんて化け物を信じているようだから、ちょっとからかった」

「ちぇっ」

良庵は煙草盆を引っ張り寄せて、煙管に煙草を詰め、火鉢の火をつける。

「となると、現に生きてる若旦那を三年前に死んだと言って追い払うのは、ちとおかしい。久離《きゅうり》切って勘当したのなら、赤の他人同然だ。わざわざ死んだといって追い払わなくたって、縁は切れてるから、近江屋の身代は分けてやることもない。で、親分、おまえはなにかつかんだのかい」

「さあてねえ。作之助は父親は殺されたに違いないって言ってましたが、たしかに二年前、先代作兵衛は死んでます」

「長く患《わずら》ってたのか、急な流行《はや》り病、不慮の大けが、あるいはほんとにだれかに殺されたか」

友蔵はにやにやして、

「そのどれでもないんで」

良庵は首を傾げる。

「川で溺れたか、雷に打たれたか、蝮《まむし》に嚙まれたか」

「先生でも当たらないこともあるんだなあ」

「もったいぶるなよ」

「だから、あたったんです」

「え」

「二年前の冬に酒屋の寄り合いがあって、柳橋《やなぎばし》の料理茶屋で、よせばいいのに、河《ふ》豚《ぐ》を食ったらしいんです。河豚鍋はうまいらしいんだが、河豚の肝《きも》には毒があるっていいますから」

「なるほど、河豚にあたったのか。あれは職人の腕がよくないと駄目なんだよ」

「鉄砲というぐらいですからねえ。食うのも命がけ」

「酒屋の寄り合いなら、他にもだれかあたってるのか」

「そうなんですよ。近江屋作兵衛の他にふたり。上総屋新左衛門《かずさやしんざえもん》、川村屋利兵衛《かわむらやりへえ》が死んでます。他にも何人かいっしょに食ってるんだが、三人以外はみな無事だったようで。河豚は怖いですねえ」

「二年前、近江屋作兵衛は河豚にあたって死んで、そのあと、番頭が娘といっしょになって、店を継いだんだな。近江屋は酒屋の株仲間じゃ筆頭だったらしいが」

「そうなんですよ。先代が相当のやりてで商売が上手、店をどんどん大きくしたらしいんです。あの番頭あがりじゃ、なかなかそうはいきませんや」

「ふうん、じゃあ。今は近江屋が筆頭じゃないんだな」

「京橋の山城屋《やましろや》が筆頭に返り咲いたってことで。なんといっても老舗《しにせ》ですから」

「山城屋、おお、あそこの酒はうまいんだ。だけど、値もおそろしく高くて、とても俺なんか、手がでない。へえ、山城屋は河豚にはあたらなかったのか」

「そうらしいですねえ」

「おい、友蔵。二年前に近江屋といっしょに主人が死んだあとの二軒」

「上総屋と川村屋ですが」

「今どうなってるか。主人が死んで、なにか他に変わったことがなかったか、ちょいと調べてくれないか」

「えっ、なにかあるんですか」

「さあ、それは調べてみなくちゃ、わからない。それと、山城屋のことも、ちょっといろいろ探ってみてくれ」

「先生、なにか、思いつきましたね」

「ふふ、まだ、なんともいえんがね。ああ、それからもうひとつ、作之助が本物の若旦那とすれば、江戸にひとりやふたり、知ってる人間がいるんじゃないか」

「そうですね」

「そいつもちょっと、探せるかな」

「へい、御用聞きの腕の見せどころですね」

良庵はぽんっと煙管を打ち付ける。

「ともかく、作之助の敵《かたき》は河豚ってことになるか。これじゃ、石倉のご隠居、いくら張り切っても助太刀は無理だなあ」


佐伯主水介《さえきもんどのすけ》は柳橋《やなぎばし》の茶屋で苦い酒を飲んでいた。

今年五十、かつて、大給松平《おぎゅうまつだいら》家の江戸家老であったが、十年前、主家《しゅか》を離れて浪人となった。

主水介が仕えた松平左近将監乗邑《さこんのしょうげんのりさと》は硬骨の士であった。常に正論をとなえ、権力に屈せず、堂々としていた。八代将軍吉宗公の信任もあつく、老中首座にまで出世した。

十一年前、吉宗公が生前譲位を決めたとき、跡目をどうするかで幕閣の意見が二分した。

本来ならば世継ぎが継ぐべきだが、西の丸の家重卿には大きな問題があったのだ。病弱といえば聞こえはいいが、生来愚鈍《ぐどん》で言葉もはなはだ不明瞭。当時三十五歳でありながら、甘やかされて育っているので、わがままな子供同然である。とても政《まつりごと》で人の上に立つべき人物ではない。

一方ご次男の田安中将《たやすちゅうじょう》は聡明で誠実、学識も人望もあり、国を治める征夷大将軍《せいいたいしょうぐん》にふさわしかった。

左近将監は田安中将宗武《むねたけ》を強く推《お》した。

が、結局のところ、吉宗公は長男を将軍にして、自分は大御所となった。

国の秩序を守るには、長幼の序を大切にすべきである。それが建前だが、吉宗公の本心はどうであったか。賢い次男よりも愚かな長男が可愛かっただけではないのか。俗に馬鹿な子ほど可愛いという。英明と称《たた》えられた吉宗公ではあるが、親子の情愛はまた別である。

愚鈍な家重が将軍になると、これに媚《こ》びへつらう佞臣《ねいしん》がはびこることになる。吉宗公は大御所として補佐の立場にいたが、新将軍の決定に強く反対することはなかった。

田安を支持した左近将監は、家重が本丸に入るや、たちまち老中を罷免《ひめん》され、国を憂い失意のうちに憤死《ふんし》した。

正論をとなえた者に対するこの仕打ち。田安中将を推したことが、大給松平家を追い詰めた。報復としか思えなかったのである。

さらに側近どもの嫌がらせは続く。左近将監の跡を継いだ松平和泉守乗祐《いずみのかみのりすけ》は、翌年、江戸に近い下総《しもうさ》佐倉《さくら》から、陸奥《むつ》の雪深い山形《やまがた》へ国替えを命じられた。石高は半減、この国替えで多くの藩士が浪人となり路頭に迷う。江戸家老であった佐伯主水介もまた、藩籍を離れた。

五年前に大御所吉宗が亡くなると、家重側近の専横はさらに目に余るものとなった。

小姓番頭《こしょうばんがしら》であった大岡出雲守忠光《おおおかいずものかみただみつ》は唯一、将軍の言葉を理解できた。

上様が仰せである。その一言で、幕閣はみな平伏した。

忠光はお手盛りでどんどん出世し、大名となり、側用人《そばようにん》となり、岩槻《いわつき》城主となって権勢を誇っている。

大岡の片腕といわれているのが、御側御用取次《おそばごようとりつぎ》の田沼主殿頭意次《とのものかみおきつぐ》である。世渡りに抜け目なく、特に新興商人に便宜をはかり、賂《まいない》を受け取って私腹を肥やしているとの噂である。

「佐伯様、さあ、どうぞ、おひとつ」

銚子を差し出すのはでっぷり太った四十がらみの商人である。

「料理もよいが、やはり酒がうまい。冷でよし、燗でよし。山城屋、酒はやはり上方に限る」

　商人相手に心にもない世辞を言う。なんとか暮らしの体面は保っているが、痩せ浪人の身分、酒の味などわからない。

　山城屋清兵衛《せいべえ》は赤ら顔をほころばせる。

「さようでございますとも。武州でもいろいろと酒造りに苦心しているようでございますが、なかなか、上方のようにはまいりません」

「だが、東国の酒は値段は安いでのう」

「貧しい町人はそれで喜びましょうが、いったん上方の酒を口にしたら、もう、こっちの安酒は飲めたものではございません。第一に悪酔いして、下手《へた》をすると腹を下《くだ》します。あの近江屋などは、くだりものと、江戸の安酒をうまく使い分けて、身代を大きくし、株仲間の筆頭にまで成り上がりましたが、お偉方に金を使い、身の程知らずに汚い真似をいたしまして、まあ、罰が当たって、というか河豚にあたって、あのような惨めな最期でございました」

　山城屋は口の端を歪めて笑う。

　新興の近江屋を後押ししていたのが田沼主殿頭であったそうだ。

「主殿頭様にも困ったものでございます。古いものを大切にせず、ご公儀のご威光とやらで無理強いなさいます。上方から江戸への酒の流れは、古《いにしえ》よりの決まり事、それを近江屋ごときの賂《まいない》で、変えられてはたまったものではない。さいわい近江屋が河豚にあたってくれたので、ひと安心でございますが」

「所詮、田沼は紀州《きしゅう》の足軽あがりじゃ。が、田沼の上にはもうひとり成り上がりの大岡出雲守がおるでな」

「それというのも、上様のご寵愛《ちょうあい》ゆえ。大岡様はいずれはご老中にも」

大岡忠光、元禄《げんろく》の柳沢吉保《やなぎさわよしやす》にならって諱《いみな》と松平姓をたまわり、松平出雲守重忠《しげただ》となる日も遠くないといわれている。そうなれば、いずれ老中筆頭にもなろう。

「困った世の中じゃ」

「京の都でも噂になっておりまする」

「さようか」

「このたび大坂城代より京都所司代に移られた松平右京太夫《うきょうだゆう》様。まだお歳はお若いが、たいそうなご出世。幕府の威を借りて、お公家様方には評判がはなはだ芳《かんば》しくございません。なんでも、出雲守様にこびへつらい過分の賂を贈って上方での地位を築かれたとか」

「上様が仰せられたと申せば、なんでも望み次第じゃからのう」

八代吉宗公がわが殿松平左近将監の正論を受け入れ、田安中将様が九代将軍になっておられれば、こんな浅ましい世の中にはならなかったはずだ。

歪んだご政道は正さなければならぬ。

京の公家《くげ》は家重公に不満を持っているという。

朝廷から家重公に退位を迫り、国学に通じ尊皇《そんのう》の志の厚い田安中将を次期将軍にする。

が、家重が退位するか、病死するかしても、そう簡単には田安中将に将軍職は回ってこない。

なにしろ、二十になる世継ぎ、西の丸の大納言家治卿が控えているのだ。

そして、家治が将軍になれば、相変わらず大岡出雲、田沼主殿は権力を握り続ける。

ならば、やるしかないのだ。

「し損じたは、残念でございましたなあ」

「かつてわが藩にいた手練《てだ》れの浪士を集めたのだが」

「まさか、妖怪かまいたちに邪魔されるとは、驚きました」

「そのほうの話では、たったひとりの供だけで、城を抜け出し、芝居見物とのことであったが」

「申し訳ございません。たしかな筋よりの知らせでありましたのに」

腕のいい警護の武士団が見え隠れについていたのだろうか。

「ご浪士の方々、お気の毒でございました。町方に素性が知れるようなことは」

「みな身寄りのない日陰の者たち。その点ならば大事ない。しかも、無残に斬り刻まれたとのこと。顔の見分けさえつかぬであろう」

「まことになんと申してよいやら」

「できるだけ、むごたらしゅう無様《ぶざま》に殺すよう言いつけたのだが」

将軍世継ぎが城を抜け出し、悪所で夜遊びの末、町中で斬り殺されたとなれば、大岡と田沼にとって、これほどの痛手はないはず。

「ところが、あの者どもがむごい死に様であった」

「またの手立てを考えねばなりませんなあ」

「一度失敗すれば、向こうも用心するであろう。せっかくの機を逃したのは、返す返すも残念である」

「まあ、佐伯様。お気を落とされず、一献《いっこん》まいりましょう。間もなく、京より天子様の御側近くにお仕えの大納言、朱雀小路《すざくこうじ》様が江戸におくだりになられます」

「おお、大納言様が」

「京の山城屋本家は御所《ごしょ》をはじめとし、お公家様がたにお酒を献じる栄誉をいただいております。そして、お公家様方は、みなみな田安様贔屓とご承知ください。悪人どもの天下は、そうは長く続きますまい」

第三章　西の大納言

一

「おまえたちに申し伝えねばならぬことがある」

又兵衛の座敷に呼ばれた三助とお妙はかしこまる。

今日の大殿様はいつになく怖いお顔だなあ。知らないうちに、なにかしくじって、叱られるんだろうか。三助は内心、びくびくしている。

「先日、屋敷の源之丞より内密に大事なことを頼まれた。他聞を憚《はばか》るが、おまえたちには言っておかねばならぬ。心して聞け」

「ははあ」

ふたりは頭を下げる。

「このたび、西の丸の将軍家お世継ぎ、大納言様を警護するお役目を仰せつかった」

「へええっ」

三助は驚きの声をあげる。

「では、またお城へご出仕でございますか」

又兵衛はじろっと三助を睨む。

「こらっ、黙って聞くのじゃ。そうではない。大納言様が外出なされる折に、不測のことがあってはならぬ。陰ながらお護りする、いわば陰のご奉公である。ゆえに、わしがそのお役目についていることも、決して外に洩れてはならぬ。心せよ」

「ははあ」

ふたりは再び平伏。

「ご身分の尊きお方ゆえ、外出などは滅多になさらぬ。せいぜいお鷹狩りぐらいであろうがのう」

「大殿様、おめでとうございます」

お妙が祝いの言葉を述べると、

「うむ」

又兵衛はうれしそうに頷く。

叱られるのかと思ったら、これは幸先いい話じゃないか。三助は喜ぶ。大殿様はずっと無役で、しかも今は隠居の身、護持院ヶ原での助太刀のあとは、なにをやっても退屈で大あくびの日々であった。

西の丸様の警護、これは剣の達人、大殿にうってつけだ。

「いまひとつ、これも言っておかねばならぬ」

又兵衛はふたりを交互に見据える。

「これは、さらに大切なことゆえ、決して他言はならぬ。先日、堺町の芝居小屋で源之丞に会うたこと、覚えておろう」

そうか。大殿は芝居のあと、番町の殿様と会って、帰るのが遅かった。あの翌日に殿様がここへ来たってことは。ははあ、あのとき、茶屋ですでに警護の話がついてたんだな。三助はひとりで納得する。

「あの折、いっしょにいた若いお武家じゃが」

そう言って、又兵衛はふたりをぐっと睨む。

「あのお方こそが、お忍びの大納言様であった」

「へっ、なんでございます」

三助がきょとんとして、聞き返す。

「こらっ、わしの話をちゃんと聞いておらんのか」

「はあ」

「あの若いお武家、あのお方が西の丸の将軍家お世継ぎ、お名を口にするのも恐れ多い大納言様ご本人であらせられたのじゃ」

「ひえええぇっ」

思わずのけぞる三助。

「三助、間の抜けた声を出すでない」

「あのう、ですけど、西の丸の将軍家お世継ぎ、そんなお偉いお方が芝居見物でございますか」

芝居小屋で隣の桟敷からちょこっと顔を出した若い侍。小柄で顔もさほど立派とも思えなかったが、やけに偉そうだったのはたしかだ。

「だからこそ、他言はならぬのだ」

このこと表沙汰になれば、何人も腹を切ることになるだろう。

「よいか。ふたりとも、決して洩らすでないぞ」

「ははあ」

「それからな。あともうひとつ」

ええっ、まだあるのかよう。三助は息を飲む。

「あの夜、大納言様はお忍びであらせられた。剣術の未熟な源之丞ひとりが供をしておったので、わしは大納言様よりお刀をお借りし、少し離れてつき従うた。お駕籠がお濠の鍛冶橋あたりまで来たとき、曲者が現れたので」

又兵衛はえへんと咳払いして、

「成敗いたした」

「えっ、成敗」

「斬り捨てたのじゃ」

「さようでございましたか」

だから、翌日はお疲れだったのだなあ。さすがにお強い。酔っていながら、曲者を斬り捨てるなんて。

「曲者は五人の浪士であった」

「へええ」

五人か。そいつはすごいや。護持院ヶ原でも十人は斬っているからな。鬼神のごときご活躍。浪人の五人やそこら屁でもない。あれっ。

三助は首を傾げる。

鍛冶橋の近くで五人の浪人。どっかでそんな噂が。あっ、それって、もしや。

「もしや、大殿様。その折、曲者どもを、ええっと、胴斬りになされたのでは」

又兵衛はにやり。

「さよう。酔っておったので、あまり詳《つまび》らかには覚えておらぬが、気がついたら、相手はみんな死んでおった」

「ひええ、それって、それって、今世間で評判のかまいたち」

「三助、なにをうろたえておるか。ふふふふ、つまらぬ噂が流れておるようじゃのう。この世に化け物などおらぬわ。いや、たとえおったとしても、そんなもの、わしが斬り捨てるまでのこと。うわっはっはっはっは」

又兵衛は大笑い。

ほんとかよう。気がついたら、相手がみんな死んでいただなんて。じゃあ、酒に酔っぱらって、知らないうちに人を斬ってたってのかい。それも人間業とも思えない胴斬り、真っ二つ、首が飛んで。うわああ。酒は魔物というが、大殿こそ鬼神ならぬ化け物だ。なんて恐ろしい。酔った大殿には金輪際《こんりんざい》近づきたくないなあ。知らないうちに真っ二つになってたりしたら、たまったもんじゃない。

思わず震えあがる三助であった。

「素晴らしゅうございます」

ふだん無口なお妙が目を輝かせる。

「酩酊なされてさえ、不逞の浪士どもを成敗なさるとは。それも、見事な胴斬りとは。ひとえにご精進のたまものでございます。大殿様」

恥ずかしそうに、

「女だてらにとお笑いかもしれませぬが、わたくし、もっともっと剣の腕を磨きとうございます。いま少し剣の心得がありましたなら、憎い父の敵《かたき》、谷垣玄蕃に一太刀なりとも叶いましたろうに。それだけが無念でございます。このものちも、これまで以上に剣術のご指南、どうかよろしくお願い申し上げます」

「うむ。女子《おなご》の身で剣を学びたいとはよい心がけじゃ。大納言様の警護と申しても、そうたびたびあるものではない。お妙、明日からの稽古、びしびしと鍛えようぞ」

「ありがとうございます」

「剣の道は厳しいぞ。心するがよい」

お妙は恭《うやうや》しく頭を下げる。

又兵衛は三助をじろり。

「どうじゃ、三助」

「はいっ」

「おまえもいっしょに稽古いたせ」

鋭い眼光で射すくめられ、三助はあわてて手を振る。

「いえいえいえ、そればっかりはご容赦を」

「ふんっ、軟弱者めが。まあよい。おまえは少々口が軽い。今日わしが申したこと、だれにも決して洩らしてはならぬぞ」

今年の顔見世は人気なので、芝居町は大賑わいだが、表通りと違い、奥まった裏道にある二吉の店は、昼飯の時分を過ぎると、夕暮れの芝居がはねる頃合までは客はほとんど来ない。

「あら、親分、いらっしゃい」

お松の元気な声が小さな店先に響く。

「お松ちゃん、今日は悪いが客じゃねえんだ」

友蔵は申し訳なさそうに、

「作之助さんはいるかい」

「ええ、今、おとっつぁんと夜の仕込みをしてるの」

お松は心得て奥に声をかける。

「作さん」

「へーい」

前垂れ襷《たすき》がけの作之助が顔を出す。

「あ、こりゃあ、どうも。親分さん」

「だいぶ慣れてきたようじゃねえか」

「へい、ありがとう存じます。それもこれも親分のおかげで」

奥から二吉も出てくる。

「いやあ、親分。今日はなんだい。飲んでかないのかい」

「うん、作之助さんに用が、ちょいと聞きてえことがあって」

「おう、いいとも。今はどうせ閑だ。そこを使いな」

二吉は客のいない小座敷を示す。

隅で申太郎が絵草紙を眺めている。

「おとなしい子で、手がかからなくていいわ。ほら」

お松がにっこり。

「おう、坊、元気かい」

友蔵に声をかけられ、申太郎は恥ずかしそうに、ぺこりとお辞儀する。

「ここでもいいんだが、ちょいと込み入った話でね。外で」

二吉は頷いて、

「そうかい。いいよ。夕方にはまだ間があらあ」

「じゃあ、とっつぁん、しばらく作之助さんを借りるぜ」

「親方、では、ちょいと出させていただきます」

「あいよ」

作之助がはずした前垂れと襷をお松が受け取る。

「行ってらっしゃい」

芝居町の大通りへ出ると、今日も賑やかだ。

「どうだい、仕事のほうは」

「親方もお松さんもいい人で、極楽です。いい店で食い逃げいたしました」

「冗談言っちゃいけねえ。おめえ、作さんて呼ばれてんのか」

「はい」

「じゃ、俺も作さんでいくが、いいかい」

「へへ、呼び捨てでようございますよ」

と言いながら、作之助、真顔になり、

「親分、なにか、わかったんですね」

「いろいろとな。これから良庵先生のところまでいっしょに来てくれ」

「はい。いったい、どのような」

「こんな往来で話すことでもないさ。まあ、来ればわかるよ」

作之助は神妙に頷く。

「ときに、おめえ、江戸を八年離れてたと言ったが、昔馴染は全然いねえのかい」

「前にも申しましたように、身よりも頼りもなく」

「だけど、顔見知り程度ならいるんじゃねえか」

「さあ」

作之助は首を傾げる。

「遊び仲間もいるにはいましたが、それほど親しい付き合いもなくて、八年も経てば、もう顔もみんな忘れてしまいました」

「ふうん、そんなもんかねえ。俺なんか、あの三助とは幼馴染だが、今年、ばったり顔を合わせたのが十年ぶりだ」

「へえ、十年」

　にやにやする友蔵。

「昔のまんま、あいつも俺も餓鬼《がき》の頃と変わっちゃいねえ。よくいっしょに遊んだ仲だが、十年ぶりに会っても三ちゃん、友ちゃんて、まるで餓鬼だな」

「仲がいいですよね。うらやましいです」

　芝居町と高砂町はさほど離れてはいない。軽い世間話などしながら、間もなく良庵の診療所に着いた。

「先生」

「おう、来たな」

　板の間の長火鉢の前には、良庵ともうひとり、痩せて顔色の悪い六十半ばの老人がちょこんと座っている。あまり身なりのよくない貧相な町人である。

　先生は貧しい近所の病人からは薬料をとらないと聞いた。どうやら患者のようだ。療治の邪魔になってはいけないと、作之助は入るのをためらっている。

「いいから、作さん、あがりな」

「でも」

「いいんだよ」

友蔵にうながされて作之助は良庵の前まで進み、遠慮がちに両手をつく。

「先生、その節は大変にお世話になりました」

「おまえさん、若いんだ。ちゃんと食べて寝て、適度に体を動かせば、すぐに元通りになる。どうだい、申太郎は元気か」

「おかげさまで」

「今日、わざわざ来てもらったのは他でもない。近江屋の先代作兵衛さんがどうやって亡くなったのか、おおまかなところ、わかったんでね」

「え、ほんとうでございますか」

横から作之助の顔をじっと見ていた老人が呟く。

「若旦那だ」

急に息を詰まらせ、身を乗り出す。

「若旦那っ。あなた、若旦那、作之助さんでございますよね」

すり寄る老人。

「幽霊じゃない。てっきり亡くなったと思っておりました。なんてことだ」

作之助は驚いて、

「あの、おまえさんは」

「わたくしです。義平《ぎへい》でございます」

「義平」

作之助は首を傾げる。

「お見忘れでございますか」

「うーん」

「ほら、若旦那が吉原で遊んで帰ったとき、何度も意見をいたしました」

義平を見つめ考え込む作之助。

「あっ」

思わず目を瞠《みは》る。

「おまえ、番頭の義平かい」

「さようでございます。若旦那」

「うわあ、すっかり老けたねえ。いくつになった」

「六十七でございます。もう片足棺桶《かんおけ》の爺《じじ》いで」

指折り数えて、

「あの頃は五十九か。思い出したよ」

「お久しゅうございます」

「ほんとにねえ。おまえ、怖い顔でいつも意見してくれたね。吉原の女は若旦那に惚《ほ》れてるわけじゃありません。近江屋のお金に惚れているだけです。溺《おぼ》れちゃいけませんて」

「覚えていてくださいましたか」

「うん、おとっつぁんよりもおまえのほうが怖かった」

「さようでございました」

作之助は肩を落とす。

「あたしは馬鹿だったよ。おっかさんや番頭の徳三があたしを甘やかすのをいいことに、遊んでばっかり」

「いいえ、若旦那。奉公人の分際で若旦那に差し出がましい意見など、今思いますと、身のほど知らずでございました」

「いいや、怖いおまえがほんとうは一番の忠義者だったのに」

「死んだと思った若旦那が生きていて、こんなにうれしいことはございません」

「あたしも、おまえに会えてうれしいよ」

作之助は義平と手を取り合う。

義平の目から大粒の涙が流れ落ちる。

ことのなりゆきを見ていた良庵が友蔵にそっと囁《ささや》く。

「どうだい、やっぱり若旦那、ほんものだったろう」

「さすがに先生、いいところに目をつけましたねえ」

　作之助ははっと気がつき、

「先生、親分、これはいったいどういうことでございますか」

　友蔵が頷く。

「実はね、作さん。近江屋の旦那はひょっとして殺されたんじゃないかという一件、俺も御用聞きの端くれだから、いろいろと探ってみたんだ」

「ありがとうございます」

「おめえが近江屋を訪ねたとき、作之助は上方で死んだと言われて追い払われた。江戸に知り合いがひとりもいない。こいつはひょっとして、おめえは近江屋の身代を狙う食わせもんじゃねえか」

「とんでもない」

「いや、先生がまずそう疑えって。で、おめえがほんものの作之助なら、この広い江戸にひとりやふたり、おめえを知ってる者がいたっておかしくないから、そこを探ってみろと言われて。で、近江屋の周りを嗅ぎまわるうちに、この義平さんに行きついたってわけだ」

「義平、おまえは今」

「はい、二年前に旦那様が亡くなられて、すぐにお暇《いとま》をいただきました。今は浅草《あさくさ》のほうで細々と暮らしを立てております」

いかにも貧し気な様子。

「苦労したんだなあ」

作之助、ふと思い出したように、

「あ、そうだ。二年前におとっつぁんが死んだんだね。だれかに殺されたのかい」

びっくりする義平。

「いいえ、とんでもない。殺されたなんて、そんなことはございません」

「患《わずら》ってたのかい」

「いいえ」

「川で溺れたか、雷に打たれたか」

「いいえ、いいえ」

義平は大きく首を振る。

「殺されたのでもない。患ってもいない。じゃあ、いったい」

うつむく義平。

「旦那様は食道楽でございました。二年前、酒屋の株仲間の寄り合いで、河豚《ふぐ》にあたってあえないご最期」

「河豚に」

がっくりと肩を落とす作之助。

「じゃあ、おとっつぁんの敵《かたき》は河豚かい」

横から友蔵が、

「作さん、まあ、そういうわけだ」

「親分、河豚相手じゃ、敵は討てませんねえ。あたしは馬鹿だなあ。親子とはいいながら、縁を切られてからこっち、上方と江戸、お互いなんの便りもなく過ごしておりましたが、二年も前に父が河豚で亡くなっていたとは」

良庵がやさしく声をかける。

「河豚で死んだのは間違いないが、他にちょっと気になることがあるんでね。それで、今日はおまえさんに来てもらった。義平さんにも聞きたいことがある」

作之助と義平は改まる。

「作之助さん、おまえさんが近江屋を勘当になったのは、いつ頃の話だ」

「はい、上方へ上って最初の一年は真面目に酒屋の修業をしておりました。二年めに伏見から大坂に移りまして、そこでまあ、悪い癖が出て、女遊び。なんだかんだあって、女と暮らしているのが江戸に伝わり、そこで縁を切るとの知らせ。六年ほど前のことでございます」

「ということは、その後、ずっと江戸とは音沙汰なしだったんだね」

「風の噂さえ耳には入りません。女房のお絹がよくできた女で、人間、こういうしあわせもいいもんだと思い、江戸のことはすっかり忘れておりました」

それを聞いて義平が作之助を睨みつける。

「なんと親不孝な。若旦那、八年も江戸を離れて、なんで、なんで一度も戻って来なかったんです。旦那様はずっと、若旦那が江戸に戻って来ることを、心待ちになさってたんですよ」

「あたしは罰当たりな道楽息子だよ。だから勘当になって」

「そりゃあ、世間の手前もあり、店の示しもつかず、ともかく勘当にはなさいましたが、旦那様は若旦那に近江屋の跡を継いでほしかったに違いありません。そっとおっしゃったことがあるんです。作之助に男の子が生まれたそうだが、孫の顔が見られないとは寂しいもんだと」

「おとっつぁんがそんなことを」

「おかみさんはお嬢さんと徳三を早くいっしょにして、店のことを任せるようにせっついておられましたが、ずっとはねつけて。若旦那がいずれ戻ってくると信じておられたのでしょう」

義平は大きな溜息。

「そこへ三年前、若旦那が上方で亡くなったという知らせ。どんなに気落ちなさったことか。それでとうとう徳三が婿に決まったんです」

良庵が聞く。

「若旦那が死んだという知らせ。義平さん、それはどこからですか」

義平しばし考えて、

「山城屋さんからでした」

「というと、京橋の山城屋かな」

「はい。ああ、思い出しました。三年前のこと、山城屋さんが血相変えて飛び込んで来られて、大坂の天満《てんま》というところで大きな火事があり、たくさんの死人が出た。どうやら若旦那がその中にいたと」

作之助、驚いて、

「三年前、そういえば、その頃、天満でたしかに大きな火事がありましたっけ。だけど、あたしがいたのは曽根崎《そねざき》で、近くではありますが、天満ではございません」

「山城屋の知らせが間違ってたというわけか」

良庵に言われて、義平も首を傾げる。

「若旦那が上方で商売の修業に行かれたのが、伏見の山城屋治兵衛《じへえ》さんで、京橋の山城屋清兵衛さんは江戸の出店でございます」

「じゃあ、作之助さんが大坂で茶屋女といっしょになったという知らせもまた」

「はい、伏見の山城屋さんから京橋に伝わり、そこから」

「義平さん、おまえさん、店にいたときは番頭をしてたってことだが」

「はい、及ばずながら一番番頭を勤めさせていただきました」

義平は痩せた胸を張る。

「じゃあ、店の内々のことも詳しいだろう」

「旦那様はやりてでございまして、わたくしなどはもう、お言いつけをそのままなんとかこなすばかりで」

「作兵衛さんは山城屋と仲が悪かったのかい」

「いえ、山城屋さんは京にご本家のある老舗、近江屋は旦那様の代になってから、商いを広げまして、だんだんと大きくなった店でございます。最初のうちは山城屋さんがたいそうに旦那様を盛り立ててくださいまして、若旦那が江戸でいろいろあって、上方で修業をする際にもお引き受けくださいました。近江屋にとっては大変にお世話になっております恩のあるお方でございます」

「山城屋は江戸の株仲間ではかつて筆頭だった。それを新興の近江屋にとって代わられて恨んでいるとか。どうだい、なんか商売の上で反目やいざこざはなかったのかい」

義平は考え込む。

「商いというのはどのようなものでも浮き沈みがございますよ。同じことを続けるのがいいか悪いか、それはわかりません。江戸の酒屋は上方から酒を仕入れて売るのが商売でございます。自ずと上方に本店のある出店が羽振りがようございます。京や大坂、兵庫で造った酒を江戸まで運ぶのですから、手間賃やらなんやらで値段は高い。が、味は申し分ない。ところが、うちの旦那様、先代の作兵衛様はその流れを変えようとなさいました」

「つまり」

「昔から江戸近隣でも酒は造られています。米が豊作になったときなど、全部出すと値が下がる。そこで余った分を庄屋などが酒にする。が、大がかりな商売じゃありません」

「その地元の酒に目をつけたんだな」

「はい。最初は近隣で造っている酒を仕入れて、安く売ってたんですが、安いだけで、これはあまり儲《もう》けにならない。そこでご自分でちゃんとした酒蔵を設けようとなさいました。酒を造るには、まずお上《かみ》のお許しがなければなりません。だれでも勝手次第に造れるというわけにはいきませんよ。ところがうちの旦那様は、いろいろと手を回し、お上のお許しを得まして」

「なるほどなあ」

良庵は大きく頷く。

「そうなると、上方の酒を運んで利を得ている山城屋をはじめ、あっちに本拠のある酒屋たちは面白くないわけだ」

「いえいえ、上方からくだってくる酒は、だいたい年に四斗樽《しどだる》で百万樽ともいわれております」

「へえ、そんなに」

友蔵は目を丸くする。

「江戸はお武家から町人まで、ほとんど上方の酒を飲んでおりますよ。主だった酒屋は上方の出店で、霊岸島《れいがんじま》に大きな蔵が並んでいます」

「たしかにみんな酒が好きだ」

「ですから、まあ、江戸でちょこちょこと酒を造ったところで、上方の出店にはかないません」

「ふうん」

「山城屋さんをはじめ、上方の方々は表向き、武州の酒など相手にならないと言っておられました。でも、旦那様はいろいろと工夫を重ねまして」

「安くて、味も地回りの濁り酒よりはうまいとなると、近江屋の羽振りがよくなるわけだな」

「はい、とうとう、お上からも江戸の物産に力を入れるのは感心であるとお褒めいただき、株仲間の筆頭に」

「近江屋が筆頭となると、他の店はみんな表立って反対しなかったのかい」

「上方の旦那方はみなさん、気位が高うございますからねえ。武州の酒なんぞと鼻で笑っておられました」

「上方の百万樽が相手じゃ、江戸近辺で酒を造っても相手にならないか」

「はい、近江屋だけじゃ荷が重いというので、いっしょに力を出し合ってくださるお店もございましたが」

「上総屋新左衛門、川村屋利兵衛の二軒かい」

「はい。先生、よくご存じで」

「二年前、河豚にあたって死んだのが、近江屋、上総屋、川村屋だったな」

友蔵がぽんと膝を叩く。

「なるほど、先生、そういうわけですかい」

良庵は顎を撫《な》でる。

「うん。で、義平さん、その後、江戸での酒造りはどうなったんだい」

「中心になっていた近江屋、手助けしていた上総屋さん、川村屋さんがいずれも亡くなり、徳三が主人になってからは、近江屋は以前にもまして上方の酒に重きを置くようになりまして、間もなく、江戸での大がかりな酒造りはすたれ、立ち消えに」

作之助が嘆く。

「ああ、あたしがもっと上方で酒造りをちゃんと覚えて、持ち帰っていたら」

「さようでございますとも。若旦那。悔しゅうございます」

「ところで、義平さん、もうひとつ腑《ふ》に落ちないんだが、作之助さんは三年前に死んだことになっているとはいえ、店に顔を出したとき、他の奉公人がだれも気がつかないってのは、いったい」

「そのことでございますか」

義平は憎々しげに顔をしかめる。

「二年前に旦那様が亡くなったあと、古くからいた奉公人は番頭から女中まで、みんなお払い箱になったんですよ」

「奉公人の数が急に減ったら、店は困るだろう」

「そこは、山城屋さんが人を回してくださいました。だけど、あんな徳三なんぞが主人では、近江屋の行く末も案じられます」

二

城内は火災を恐れてか火の気が少ない。殿中、溜まりの間で小さな手あぶりの前に座って、大岡出雲守忠光は溜息をついた。

世の中はまずまず泰平。深刻な飢饉《ききん》もなければ、血なまぐさい争いもない。ひとえに先代、英明な名君八代将軍吉宗公のご威光のたまものである。

吉宗公は三十年の間、将軍職につき、数々の改革を行い、公儀を盤石《ばんじやく》にし、また、江戸の町を大いに栄えさせた。大名たちはその威厳にひれ伏し、町人たちはその善政をありがたがった。

九代家重公の御世となって十一年、なんとか世間は無事である。最初の六年は大御所吉宗公が上様を支えてくださり、薨御《こうぎょ》以降の五年は幕閣が上様を補佐している。

思えば十六で小姓として出仕したとき、当時十四歳の西の丸様は、どういうわけか忠光を気に入られ、まるで友のように冗談を語り合うことさえあった。以来三十二年、お側にお仕えし、信頼を得ている。実のご兄弟、田安様や一橋《ひとつばし》様よりも、ずっと仲がいいのはたしかである。

上様を悪く言う世間の噂は知っている。ご病弱であり、あまりご聡明とはいえず、学問も武芸も身につかず、なによりもお言葉がご不自由。とはいえ、長年の付き合いで、忠光にだけは言葉がちゃんとわかる。

上様は子供のようなお方なのだ。初めてお目通りしたときの十四歳のまま大人になられた。だから、自分が側について、見守ってさしあげねばならぬ。

小姓番頭から加増が相次いで、五年前にはとうとう大名となり、一昨年には若年寄を仰せつかった。そして今年は側用人を拝命、岩槻《いわつき》城主に封じられた。

年が明ければ参勤交代で初の国入りとなり、上様のお側を離れなければならぬ。

「出雲守様」

「うむ、主殿頭殿」

かつて忠光が西の丸小姓頭を勤めていたとき、新参で入ってきた中に、ひときわ利発そうな整った顔立ちの若者がいた。それが田沼龍助《りゅうすけ》、今は主殿頭意次と名乗り、御側御用取次を勤めている。上様にとっては忠光に次いで頼りになる側近である。

小姓時代には田沼と呼び捨てにしていたが、今は主殿頭殿と丁寧に呼びかける。その田沼意次が側にすり寄って頭を下げる。

「お寒うございますな」

忠光より十歳年下の意次は顔色すぐれ若々しい。

「ふふ、大広間に手あぶりひとつだからのう。そこもとはお若いゆえ、寒さなど苦にはならぬであろうが」

「いえいえ、間もなく不惑《ふわく》（四十歳）にございます」

「おお、そうなるか。わしも歳をとるはずじゃ」

忠光は周囲を見渡し、

「こういう話は茶屋などよりも、大広間に限る」

「はい、壁に耳ありとか申しますから」

茶坊主が気をきかせているので、周囲にはだれもいない。

「実は厄介なことがいくつかある」

「はあ」

「このようなこと、打ち明けられるのはそこもとだけじゃ」

「ありがとうございます」

神妙に頭を下げる。

「まず、ひとつは上様のことじゃ。近頃、たびたびご酒を過ごされる。少しならよいが、かなり飲まれる。わしがお諫《いさ》めしても、大奥でつい飲ませてしまう」

「困りましたな」

「そこもと、大奥で評判がよいようじゃ。上様の御身を思い、酒はほどほどに控えるようにと、うまく伝えてはくれぬか」

「承知いたしました」

大奥が相手では気が重い。が、美形の意次は大奥の女たちに人気がある。心付けをはずむので表の茶坊主にも受けがいい。

「うむ。いまひとつ、京都所司代の松平右京太夫殿から知らせがまいっての。お公家の方々になにやら動きがあるようじゃ」

「どのような」

「国学が少々盛んになりすぎている。この日《ひ》の本《もと》は、天子様がお治めになる国であり、征夷大将軍といえども、帝《みかど》の家臣にすぎぬというのじゃ」

　この年、京の公家の間で密かに広まった国学の大義名分論《たいぎめいぶんろん》は、帝の臣下が守るべき道を説いたもので、臣下である将軍の専制と幕府による朝廷支配を暗に批判していた。

「なるほど、お公家方のご身分は御三家や上様と同格、それ以上の方々もおられますからな。将軍も公家も帝の臣下」

「さよう。表向きはな。しかるに公家の暮らし向きは逼迫《ひっぱく》し、一方、神君家康《いえやす》公が開かれて以来百五十年、大御所様のご威光で、今や江戸は京洛をしのぐ東国の都となった」

　幕府は慶長《けいちょう》二十年（一六一五）、禁中並公家諸法度《きんちゅうならびにくげしょはっと》を公布し、朝廷に干渉し、公家の行動を規制した。それによって、高い身分がありながら、多くの公家の禄高は並の旗本にも劣る百石や五十石で、生活は困窮をきわめている。

「政《まつりごと》を司《つかさど》るのは公儀でございます。ゆえに、江戸が栄えるのは当然のこと。京の都は千年このかたなにも変わっておりませんし、お公家方の不満も今に始まったことではございますまい」

「国学も学問のうちならばそれでよい。が、大御所様が亡くなられてのち、上様を軽んじる風潮が公家方の間で広まっている」

忠光は周囲を見回し、声をひそめる。

「東国はあのような者で治まるとは気楽でよい、という者あり」

「なんと。上様をあのような者とは。いったいだれがそんな」

「しかとは知れぬが、帝の近習《きんじゆう》のひとりかと。近習ならば中納言《ちゆうなごん》か大納言。朝廷ではたとえ摂関《せつかん》家の生まれであっても器量がなければ摂政関白《せつしようかんぱく》三公にはなれぬという厳しい掟《おきて》あり。江戸では将軍の家に生まれさえすれば、だれでも、どんなものでも将軍になれるのかという皮肉であろう」

「それは由々しきこと」

意次は憤《いきどお》りを見せる。忠光は頷いて、

「お公家方だけならば、さしたることもない。が、尊皇の志《こころざし》ある大名方、外様《とざま》ではさしずめ薩摩《さつま》あたりが」

「薩摩守様は亡くなられたばかり、近々、国元より幼い世継ぎが江戸へまいられるとか」

「外様も面倒ではある。が、大きな声では言えぬが、水戸《みと》様あたりも朝廷寄り。他の大名方がこれに倣《なら》うとなると」

「京の公家の騒ぎでは済みませぬな」

「そして、いまひとつ。これがもっとも厄介なのだが」

忠光はさらに声をひそめる。

「西の丸様がお忍びで悪所に通っておられるご様子じゃ」

「なんと」

上様が酒に溺れ、西の丸様がお忍びで遊び歩く。

田沼主殿頭意次は眉をしかめる。ここはよほど思案のしどころだ。

出世するには将軍に気に入られることが肝心である。大岡出雲守忠光はお側衆から大名にまで成り上がった。上様にべったり取り入って、なんでも思いのまま。上様あればこその栄達である。

が、上様はご病弱で、しかも酒に溺れておられるという。このところ、ご体調もすぐれぬことが多い。となると、これはもっと先まで読まねばならぬ。

出雲守は大奥に上様の酒を控えるように指図せよという。大奥は厄介なところ。女たちの機嫌を損じると、将来の出世は危うい。今、大奥にあれこれ指図して、疎《うと》まれるよりも、と意次は素早く考えをめぐらせる。

ご病弱の上様にもしものことがあれば、次の将軍は西の丸様。今お世継ぎにくっついている連中が新たな側近となり、力を持つことになる。最善の道は、西の丸様に今のうちから取り入っておくことだ。

「主殿頭殿、そこもと、かまいたちの噂を聞いておるか」

いきなり言われて、返答に困る意次。

「さあ、存じませぬが、なんでござります」

「先般、西の丸様がお忍びの折、お曲輪《くるわ》外で狼藉者に襲われなされたそうじゃ」

「な、な、なんと、申されまする」

あまりのことに、仰天《ぎょうてん》する田沼意次。西の丸様が襲われる。そのようなことになれば、病弱な上様は失意のうちにどのようなことになられるやら。となると、将軍に寄り添い出世を願う自分の立場がないではないか。

「うむ。そのとき、はやてのような風が舞い、曲者どもを瞬時に斬り裂いたという」

「まことでございますか」

「切り苛《さいな》まれた亡骸《なきがら》が見つかり、江戸の町民どもはこれをかまいたちと噂しておる。が、なにものかが西の丸様をお護りしたのであろう」

「なにものでございます」

「わからぬ。相当に腕の立つ剣客《けんかく》であろう。西の丸様お忍びのこと、ご老中方にも伏せてあるが、たびたび重なれば、いずれは大名方にも洩れるであろう」

「西の丸様が出歩かれた悪所とは、吉原でございますか」

「いや、それが芝居町なのじゃ」

「芝居をご覧なされましたか」

「うむ。その日、供をしておったのが、西の丸御納戸役、石倉源之丞とまでは判明しておる」

その名を耳にして、田沼主殿頭意次ははっとした。


「なんやて。阿呆《あほ》か」

山城屋清兵衛は思わず、普段は使わないようにしている上方言葉が出てしまった。

谷中《やなか》の寮に清兵衛を訪ねてきた近江屋のもと番頭の徳三、今は主人となった作兵衛はぎょっとしながらも頭を下げる。

「申し訳ありません。おっぽり出せば、この寒空、どこかで野垂れ死んでくれればそれまでなんですがねえ」

清兵衛はいつもの江戸弁に言葉を切り替える。

「人間、そう簡単には死なないよ。それはおまえさんもよく知ってるじゃないか」

「へへ、まったくで」

「笑いごとじゃない。で、乗り込んできたのはほんとうに若旦那の作之助だったんだね」

「ええ、八年ぶりですが、あの顔は忘れておりません。それに、小さな子供もいっしょでした」

「で、どこへ行ったか、わからないのかい」

「江戸には近江屋のほか、身よりはありませんしねえ」

「いずれにせよ、叩き出したのはまずいよ」

「あんまりいきなりだったもので、つい、びっくりして、若旦那の名を騙《かた》る偽者だと罵《のの》って、冷たい水をぶっかけました。あれで、風邪でもひいて、こじらせて、親子で野垂れ死にしてくれれば」

「だから、そう簡単には人は死なない」

「はあ」

「お奉行所にでも駆け込まれると面倒だな」

「駆け込むでしょうか」

「切羽詰まれば、なんでもする」

「しかし、作之助は六年前に久離《きゅうり》切っての勘当。近江屋とは赤の他人でございます。たとえ駆け込んでも、訴えはおとり上げになるでしょうかねえ」

「そりゃあ、近江屋の身代はおまえさんのものだ。今さら訴えたって、作之助には一文だってやらなくてもいい。が、生きてるのを死んだことにしたんだ。そこを突《つ》つかれると、おまえさん、どう言い訳する。しかも、それを知らせたのは、このあたしだよ。下手《へた》に町方に呼び出されて、いろいろ探られてごらん。河豚にまでご詮議が及ぶと、ますます困るだろう」

「はあ」

「先代の作兵衛さんは頑固なお人だった。だからこんなことになったんだ。酒と女に溺れて、満足に商売を覚えようともしない道楽息子。あんな馬鹿でも跡取りに生まれただけで、近江屋の身代を継ぐのかと思うと世の中は理不尽だ。あんな放蕩者が主人になったら、近江屋は先がない。近江屋の行く末を嘆く主人思いのおまえさんの気持ちに、あたしはほだされた。近江屋のような立派な酒屋、江戸になくてはならないと思っている。そこで若旦那は勘当。しっかり者のおまえさんが婿になれば、万々歳。だからこそ、あたしはおまえさんに肩入れしてるんだ」

作兵衛はぺこぺこと頭を下げる。

「ありがとうございます」

「せがれが死んだと知らされて、頑固者の先代も、ようやくおまえさんを婿にする気になった。死んだ知らせはあくまでも方便《ほうべん》。そこのところは上方でうまくやってくれたよ」

「ですが、どうしてまた、若旦那、今頃になって江戸に戻ってきたんでしょうねえ」

「なにか向こうで手違いでもあったんだろうが、まあ、本人さえ見つけ出せば、穏便に済ませるしかない」

「そうでございますねえ」

「先代のおかみさんは、なにか言ってるのかい」

「いえ、死んだせがれに用はない。今さら生き返ってもそんなものは知らないよと、相変わらず娘とふたりで芝居見物に料理茶屋の食べ歩きです」

「気楽でいいねえ。その分、おまえさんがしっかりしなくちゃ」

「はい」

「それにしても、作之助を叩き出すなんて、水をぶっかけるだなんて、おまえさん、やりすぎたねえ」

「ああ、しまったなあ。どうか今後ともよろしくお頼み申します」

近江屋作兵衛が帰っていくと、清兵衛はチッと舌打ちする。

阿呆め。番頭あがりはあかんなあ。それこそ、こっちの思う壺やけど。

清兵衛は頭の中で算盤《そろばん》をはじく。

作之助が江戸に戻っていることはとっくに承知の上だ。今、どこにいるかもわかって泳がせているのだ。

先代作兵衛の女房は欲は深いが、たいして智恵はない。所詮は身代を狙って後添いに入った女中あがりだ。亭主が死んで大喜び、芝居見物に役者買い、娘とふたりで湯水のごとく金を使って、道楽息子以上に遊び呆けている。いくら大身代でも、今に借金で首が回らなくなるだろう。そうなれば、近江屋はこっちのものだ。

江戸は上方にとって、一番のお得意様である。なにしろ、人が多い。特に江戸の大半は武家地であり、北は陸奥《むっ》から南は薩摩まで、各地の侍たちが参勤交代で江戸に集まる。そして酒を飲む。武士が飲むのは上方の酒なのだ。

上方の酒は江戸地回りの安い濁り酒の十倍はするが、当然ながら味は格別だ。町人もちょっと金があれば、いい酒を飲む。吉原、芝居町、四宿《ししゅく》（千住《せんじゅ》、板橋《いたばし》、内藤新宿《ないとうしんじゅく》、品川《しながわ》）はもとより、盛り場の料理屋から場末《ばすえ》の居酒屋にいたるまで上方の酒が喜ばれる。

しかるに先代の近江屋は江戸で上等の酒を造ろうとした。酒造りは何百年も培《つちか》われてきた伝統がなければ無理だといわれている。が、ほんとうのところ、いい米といい水と、技量があれば造れなくもない。そこに目をつけた近江屋作兵衛はかなり頑張った。極上とまではいかないが、まずまずの味で値段も格段に安い。

近江屋一軒だけならば、相手ではないが、これがうまくいって、真似する者が続々出てくれば、江戸は人の数も多く、近郊には手頃な土地も水もある。公儀も江戸の特産を奨励する。あっという間に上方を凌《しの》ぐことになろう。だから、芽のうちに摘まねばならぬ。

江戸の人間は上方からのくだりものをありがたがっていれば、それでいいのだ。酒も油も醬油《しょうゆ》も菓子も上方が上等。食い物だけではない。着物から芝居まで、全部上方が上。江戸はくだらないと昔から決まっている。

芝居なども江戸の役者は本場の上方の小屋で修業して、はじめて一人前になる。江戸では上方生まれの役者が中心になって演目が組まれている。

帝のおわす京の都が日の本六十余州の中心であり、江戸なんぞははるか東国の片田舎なのだ。

京生まれの清兵衛、江戸の出店をまかされて二十年になるが、いまだに江戸風の食い物は口に合わない。

上方のうどんに似せてはいるが、あのぱさぱさの蕎麦《そば》は喉を通らない。

生の魚の切り身をどろどろの濃い醤油で食う刺身などはあまりの生臭さにぞっとする。

近年、江戸っ子と称し、江戸生まれを自慢するがさつで下品な輩《やから》が出てきて、幅をきかせるようになった。笑止千万《しょうしせんばん》である。

なんでもかんでも、下等で、荒々しくて、どうしようもない江戸だが、ただひとつ、いいものがある。

粋《いき》であだっぽい江戸の女。東男《あずまおとこ》に京女などというが、ほんとうは東女に京男が一番なのだ。

すうっと襖が開いて、色っぽい年増《としま》が手をつく。

「帰りましたか。近江屋さん」

「うん、今帰ったとこや。こっちへおいで」

店の奉公人の前では江戸弁を使うが、女の前では平気で上方言葉に戻る。この谷中の寮は、いわば妾宅《しょうたく》なのだ。

「はい、旦那様」

「三年前に作之助、ほんまに始末しといたら、よかったなあ」

「まさか、今頃になって江戸の実家を頼るとは、つくづく情けない男ですよ」

「その阿呆と、去年まで、五年もいっしょに暮らしてたんは、おまえやがな」

「馬鹿馬鹿しい」

女は吐き捨てるように言う。

「あれはお役目ですよう。上方に引き留め、江戸へ戻らないようにするのが。ほんとはあたし、ずっと旦那のそばにいたかったんですから」

「あの若旦那、十六から色里に出入りしてるんや。ちょっとやそっとの女では、たやすうに骨抜きにできひん。さすがはお絹、たいしたもんやなあ」

「あんまり褒めないでくださいな」

「そやけど、その五年で、ちょっとは情が移ったんと違うか」

「いやな旦那。そんなわけないでしょ。でも、どうしましょうねえ」

「三年前に死んだことになってるねん。こうなったら、それをほんまにしてしもうたらええのや」

「あたしがやりましょうか」

「ほんまに、おまえは毒婦やなあ」

「旦那ほど、悪党じゃありませんよ」

「お互い様や。まあ、なにか手筈は考えよか」

「そのかわり、ねええ、子供だけは助けてくださいな。約束ですよ」

「ええとも、ええとも、好きにしたらええのや」

そう言いながら、清兵衛はお絹をぐっと抱き寄せる。


数寄屋橋《すきやばし》御門内の南町奉行所。同心の数は百二十人。身分は武士ではあるが、軽輩の御家人《ごけにん》である。

百二十人のうちのほとんどは、日々役所に出勤し、上役の与力に従い、裁判や日常の事務などを行っている。

このうち市中を見廻る定町廻《じょうまちまわ》りが六名、臨時《りんじ》廻りが六名、それぞれの受け持ち地域を担当する。

今年五十六になる小島千五郎は、かつて定町廻り同心として、名奉行大岡越前守《えちぜんのかみ》忠相《ただすけ》の下、数々の捕物に加わった。雲霧仁左衛門《くもぎりにざえもん》や天一坊《てんいちぼう》の一件で少しは手柄を立て、越前守から目をかけられたというのが自慢である。

とっくに隠居していい頃合だが、なかなか子宝に恵まれず、ようやく長男が八歳。今は臨時廻りのお役にしがみついている。

奉行所の奥まった一角、書類を保管する例繰方《れいくりかた》の御用部屋。すっと入ってきた小島千五郎を見て、年配の同心が驚いた顔をする。

「おや、小島さん、どういう風の吹き回しですかな」

「いやあ、冷えますすねえ。この時節、同心が綿入れどてらというわけにもいきませんので、この歳で外回りもつらいが、ここもけっこう寒いな」

「紙の束に囲まれておりますからね。火の気は厳禁」

「今、おひとり」

「ええ、与力殿は日の当たる別室で、わたしひとり、この吹き溜まりの番をしております。なにか、調べものですか」

「いえいえ、そういうわけじゃありません。つまらない話なんですがね。家内が河豚を食いたいといいだしましてなあ。あれは寒い時期には温まっていいそうですね」

年配の同心は顔をしかめる。

「駄目ですよ、河豚は。つい最近も、河豚で死んだ男がいます」

それを聞いて、身を乗り出す小島。

「ほんとですか」

「ええ、どうやら自分で勝手に料理して食ったそうで、長屋でひとりで死んでました。素人が河豚を扱っちゃいけない」

「料理屋なら大丈夫でしょう」

「それがそうでもない」

「場末の店は危ないかもしれないが、名のある料理茶屋なら、滅多なこともありますまい」

「ところがそうでもないんですよ。あれはたしか、二年前だったかな」

同心は立ち上がり、書類の積み上げられた棚を調べながら、一重ねの束を引っ張りだす。

「たしか、この中にありました。そうそう、これだ。柳橋の鶴屋《つるや》で河豚を食った客が死んでますよ。怖い、怖い」

「へえ、鶴屋といえば、一流どころだ。じゃあ、客もさぞかし名の通った金持ちですかな」

　書類をぱらぱら見ながら、

「大きな酒屋の株仲間の寄り合いだったようです。十人のうち、三人が死んでますね」

「三人も」

「十人のうち五人は、他の者が食ってどうなるか、様子を見るまでは箸をつけなかったそうです。河豚はやっぱり怖いですから」

　小島は頷く。

「賢いねえ。人間、用心深いに越したことはない」

「そうですとも。で、真っ先に二人が苦しみだしたんで、いっしょに食べた他の三人はあわてて吐き出した」

「わあ、いやですなあ」

「すぐに近くの医者が飛んできましたが、ふたりは間もなく亡くなり、吐き出した三人は苦しんで、そのうちひとりが明け方に息を引き取ったということです」

「五人は箸をつけず、吐き出した三人のうち、ふたりは助かったんですか」

「運不運はどこにもありますなあ」

「株仲間というと、みんな大きな酒屋の主人だったんですね」

「ええ、最初に死んだふたりが上総屋新左衛門、川村屋利兵衛。明け方に亡くなったのが近江屋作兵衛。河豚の肝《きも》というのは、特にうまいらしくて、料理人に無理を言って作らせたそうで、こうなると自業自得。鶴屋も料理人もお叱りを受けただけで、お咎めはなかった。死人が出ても、今まで通り商売繁盛らしいから、世の中わからないもんです」

「やっぱり河豚は怖いなあ」

「そうですとも。悪いことは言いません。御新造《ごしんぞ》には蛸《たこ》でもおすすめなさい」

「うん、それなら安上がりだ」

三

柳橋の鶴屋の奥座敷では、下座にはいつくばるように山城屋清兵衛がぺこぺこしている。

上座にはひょろりとした三十過ぎの優男《やさおとこ》。室内であるのに頭に烏帽子《えぼし》、神職のような狩衣《かりぎぬ》姿、京の都よりくだってきた大納言朱雀小路経雅《つねまさ》卿である。

やや下がって壮年の姫路《ひめじ》藩主酒井《さかい》雅楽頭《うたのかみ》忠恭《ただずみ》がどっしりと構えている。

それぞれの前には運ばれてきたばかりの小さな土鍋が湯気を立てている。

「京も寒いが、江戸もまた、ことのほか寒いのう」

朱雀小路は雅《みやび》な上方言葉である。

「大納言様、河豚鍋でございます。どうぞ、おあがりくださりませ」

顔をしかめる朱雀小路。

「河豚か。怖い。当たらへんか」

「ちゃんと吟味してございます。滅多なことは」

「山城屋、おまえが先に食せ」

「ははあ。ではお先に頂戴《ちょうだい》いたします」

ふうふうと息で冷ましながら、山城屋は熱い河豚をうまそうに食べる。

しばらく山城屋の様子を見たのち、朱雀小路、怖々《こわごわ》箸をつけて、

「ほう、これはうまい。東国にうまいものなしと聞いておったが、なかなか、ええ味やぞ」

「それはうれしゅうございます。ここはわたくしの懇意の茶屋にて、京より取り寄せ

ました白味噌仕立てになっとります。腕によりをかけさせました」

「おお、白味噌なら、口に合うはずやのう」

　盃を干して、

「酒もうまい」

　さっとすりより、銚子で酌をする山城屋。

「伏見の酒でございますゆえ。江戸の酒などは、とてもとても、飲めたもんではございません」

「そらそうやろ。ところで、首尾はどうや」

　言われて平伏する山城屋。

「ははあ。先日は手違いがあり、思わぬ邪魔が入りまして、往生しましたが、次は必ず」

「ほんまか」

「はい。大給松平の浪人ども、相手を侮《あなど》りまして、わずか五人がかり、あっけのうにやられましたが、次は数を増やします」

「阿呆か」

「はあ」

「次は必ずて、いっぺん失敗したら、次はないぞ。こっちが少々数を増やしても、向こうは警戒してる。二度と出てくるか」

「いえいえ、向こうはこっちのことは全然気づいておりません。たった五人がさいわいして、おそらくはただの追いはぎぐらいに思うているのではないかと。父親も阿呆なら、あの西の丸さんも甘やかされた阿呆息子。次の芝居、わがまま言うて、また見に出てきますて」

「そうやろか」

「西の丸の奥向きに、うちの手先を入れております。それにうまいこと、煽《あお》らせます」

「心配やなあ。まあ、それなら、様子をみよか」

雅楽頭が横から、

「決起の折は、わが家中からも手練《てだ》れを出しましょう」

「ほう、ウタさんも出してくれはるか」

大納言からウタさんと呼ばれて、一瞬むっとなるが、

「はい、ここはなんとか、成就《じょうじゅ》させねばなりませぬぞ」

「それは心強い」

朱雀小路は笑う。

「山城屋、阿呆息子が再び芝居を見に出てきたら、今度は大給の浪人とウタさんの手勢でなんとかなるやろかなあ」

「大丈夫やと思います。西の丸さえ始末できたら、あとはもう、なんとでも。次は将軍家と田安の争いになりますやろ。将軍に味方するもん、田安に与《くみ》するもん、同族同士、血で血を争うことに」

「田安はこの話、乗ってくるやろかなあ」

「将軍家と田安さんとはおんなじ兄弟でありながら、もう十年も顔を合わせたこともないほど仲が悪うございます。もともと自分が将軍になりたいと思うてはった田安さん、ここはうまいこと乗せていきますわ。なにしろ田安さんのご正室は関白さんの姫君。賀茂真淵《かものまぶち》先生も、上手に後押ししてくれてはるようで、将軍を守る側と、田安さんを推す側とで、大名同士の小競り合いになります」

神官出身の著名な国学者賀茂真淵は十年来、和学御用 掛《ごようがかり》として田安徳川家に仕えている。

「そうか。将軍には、もうひとり男の子がいてるな」

「まだ元服前、なんとでもなります」

家重の次男である松平萬二郎《まんじろう》はまだ十二歳である。

「将軍のもうひとりの弟、一橋《ひとつばし》はどうや」

一橋中将宗尹《むねただ》は田安宗武より五歳年下、いざとなれば将軍位争奪戦に乗り出すかもしれない。

「こうなったら、三つ巴《どもえ》で、小競り合いがぐちゃぐちゃになりまして」

「うん、うん」

「田安を筆頭に、一橋、御三家、徳川の血はみんな絶やすようにして」

「ふっふっふっふ」

朱雀小路は口を押さえて笑う。

「山城屋、田安を筆頭に絶やすて、うまい洒落《しゃれ》やのう」

「はっはっは、おそれいります」

山城屋も笑う。

朱雀小路は大きく頷き、

「で、江戸が血の海になったとこへ薩摩が押し寄せるという筋書きや」

洒落ににこりともしなかった酒井雅楽頭、薩摩と聞いて顔色を変える。

「大納言様、島津《しまづ》が江戸へまいるのでございますか」

「そうや。薩摩は木曽川《きそ》の工事、押しつけられて、なにより憎いは将軍家」

薩摩藩は二年前の宝暦《ほうれき》四年（一七五四）、幕府より木曽《きそ》川、長良《ながら》川、揖斐《いび》川の分流治水工事を命じられ、あまりの過酷さに、五十名以上の藩士が自害、三十名以上が病死し、責任者の家老平田靭負《ひらたゆきえ》は、宝暦五年五月の工事完成とともに切腹して果てた。薩摩が負担した工事費用は四十万両ともいわれる。

「とうとう薩摩守さんまで亡くならはって、お気の毒なこっちゃ。次の当主が薩摩の生まれで、まだ元服前。今度、江戸に下って将軍お目見えということで、近々行列を組んで京の都を目指すのや」

「それが」

「江戸が血で血を洗《あろ》うてぐちゃぐちゃになったとこへ、帝より御旗《みはた》をもろうた薩摩がどっと江戸攻めという手筈。なにより憎い江戸。気の荒い薩摩武士のことや、江戸の町は火の海になる」

山城屋は大仰に、

「わあ、応仁《おうにん》の乱どすなあ」

「そうなったら、山城屋、おまえの江戸の店かて焼けるのやないか」

「江戸っ子がぎょうさん死んだら、なんぼかすっきりします。焼野原にどーんと、新しい山城屋を建てますがな」

横から雅楽頭が、

「薩摩だけに手柄は渡せぬ。わが姫路《ひめじ》からも軍勢を」

「そらそうやな、ウタさん。それで、山城屋。肝心の西の丸大納言、うまいことやれるんか」

「はい、西の丸さん、道成寺が好きということはわかっております。今、市村座でやってるのが道成寺、これを見にくるよう上手に煽ります」

朱雀小路は口を軽くとがらせる。

「東国は気楽でええなあ。あんな阿呆公方でも政がちゃんとできて、そのうえ跡取り息子が芝居狂いかいな」

「はは、そこがつけめで」

「それはそうと、江戸の芝居はあかん」

「はい、上方とは比べもんになりまへん」

「今やってる、あの将門の芝居、ようもあんな、しょうもないもんが流行るなあ。さすがに江戸や」

「大納言様、ごらんにならはりましたか」

「阿呆か。あんなもん、見る気せんわ」

「西の丸さんは、あれを見て、喜んでましたけど」

「ふんっ、そもそも、朝廷に弓引く東えびすが新皇《しんのう》で、関東に武士の都を作るやなんて芝居。なるほど、いかにも江戸もんが好みそうな芝居や。将門が東国に作ろうとした都はこの江戸やないか。ということは、将門は徳川将軍かいな。阿呆らし。あんな酔狂な田舎芝居は上方では流行《はや》らへん」

「大納言様、将門は最後は討たれて終わりどっせ。近々江戸は焼野原」

黙って聞いていた雅楽頭が身を乗り出す。

「大納言様、徳川の血筋が絶えたのち、幕府はいかに」

「うん、徳川が無《の》うなったら、一条《いちじよう》さんや近衛《このえ》さんとも相談やけど。薩摩はいくら働きがあっても当主が元服《げんぷく》前、それに南国は江戸には遠すぎるから、まずは京の守護職で満足するやろ」

「わが酒井家は」

家重の将軍就任とともに幕閣から外され、七年前に前橋《まえばし》から国替えを命じられた姫路では災害が続き、酒井家の財政は逼迫《ひっぱく》している。譜代《ふだい》でありながら、今の徳川政権には不満が渦巻いているのだ。

「ウタさん、江戸はそのほうの出番や」

「と申されますと」

「宮《みや》将軍やがな」

忠恭より五代前の大老雅楽頭忠清《ただきよ》は、下馬《げば》将軍と称されるほどの権勢を誇り、四代将軍家綱《いえつな》が跡継ぎのないまま死去した際、鎌倉幕府にならい、五代将軍は朝廷より親王を迎えればよいと主張した。が、水戸光圀《みつくに》などの反対で、家綱の弟の綱吉《つなよし》が五代将軍に決まるや、忠清は失脚させられ、その後の酒井家は冷遇されている。

「江戸は大老のウタさん、そのほうの出番や。朝廷より宮将軍をお迎え申し、そのほうが執権《しっけん》となるがよかろう」

「ははあ、ありがたき、しあわせに存じまする」

恭しくひれ伏す酒井雅楽頭を見下ろし、ほくそ笑む西の大納言、朱雀小路経雅であった。

田所町の奥まった裏通りにある友蔵の家。狭いがちゃんとした一軒家ではある。

「おう、三ちゃん、あがりなよ」

又兵衛の命《めい》を受け、ふらふらとやってきた三助、家に友蔵がいたのでほっとする。

わっ、いつ来ても汚いねえ、ここは。

ささくれだった畳の上に様々ながらくたが転がっていて、狭い家をますます狭くしている。

掃除は行き届かず、夏なら虫がわいて出そうである。まさに男やもめに蛆《うじ》がわく。火の気は手あぶりひとつないが、友蔵は丼や絵草紙や手拭《てぬぐ》いなどのがらくたをかきわけるようにして、薄い座布団を引き寄せてすすめる。

「寒いねえ」

「冬だからな」

そっけない。

「おまえ、御用聞きの親分なんだから、長火鉢かなんかないの」

「へんっ、江戸っ子だい。そんなものなくたって平気だい」

そうかもしれないが、長火鉢があればかっこつくのに。がらくたの転がった座敷で男ふたり向き合ってるのは、どうも様にならない。

「で、三ちゃん、今日はなんだい」

「うん、大殿様から言いつかってね。まずはこの前の芝居のお礼」

三助が差し出したのは一升入りの酒樽であった。

「こりゃ、いったい」

友蔵は目を丸くする。

「だから、お礼だよ。おまえに桟敷を世話してもらって、おかげで番町の殿様とばったり。それが縁で、うっ」

「どうした」

危ない、危ない。もう少しで、西の丸様ご警護のこと、言いそうになった。

「いや、大変、ありがたかったということで、そのお礼」

「へええ、俺、そんなたいしたことしてねえぜ。ちょいと口利いただけだ。上等な酒だなあ。申し訳ねえよ」

「実はね。本町の近江屋まで大殿様のお供で、そこで大殿様がお買いなされた」

「へっ」

「大殿様がおっしゃるには、これをおまえに届けて、その後、例の若旦那の一件、どうなったか聞いてこいって」

「そうかい。それで近江屋の酒を。なるほどなあ。で、ご隠居様は」

「おひとりで谷中《やなか》の寺に奥様の墓参りにいらっしゃった」

「へえ、奥様のねえ。命日かなんかかい」

「そうじゃないよ。たぶん、ご報告じゃないかなあ。今度のお役、うっ」

いけない、いけない。三助は口を押さえる。

お役目につかれたこと、言っちゃいけないいんだ。

「で、ご隠居様、お元気かい」

「うん、もう毎日、張り切って、張り切って、お妙さん相手に剣術の稽古」

「へえ、張り切って。そりゃまた、どうして」

「うっ」

いけない、いけない。三助は言葉を飲み込む。

「う、うん。いつまた、悪人相手に剣をふるうことになってもいいようにって、ふだんから、張り切っておられるのさ」

「へええ、お妙さん、腕はあがったのかい」

「女ながら、驚くよ。こないだなんか、本身で巻藁《まきわら》をすぱっと切っちゃった」

「本身というと真剣かい」

「うん、さすがに武家のお嬢さんは違うね」

「じゃあ、並の男は怖くて近寄れないなあ。ほら、近頃物騒だろ。かまいたちなんて変な噂が立って、辻斬りかなんか知らねえが、人を胴斬りにしたってんだから。ひでえご時世だ。ここはひとつ、ご隠居様とお妙さんにかまいたちを退治してもらっちゃ」

「いや、そいつはちょっと無理だ。なにしろ、そのかまいたちが。うっ」

口を押さえる三助。

「どうしたい。さっきから、やけに唸ってるが、変なもんでも食ったのかい」

「なんでもない。大丈夫だよ」

危ない、危ない。どうも口が軽くていけない。

「じゃあね、三ちゃん。お持たせで申し訳ねえが、へへ、一杯やるだろ」

「うん、そうだねえ」

それを聞いて三助はにやり。

「近江屋の酒は上等だ。俺ひとりじゃ、もったいねえよ。こないだ、芝居のときだって、俺、茶屋で待ってたんだよ。だけど、ご隠居様がおまえに早く帰れっていうからさあ。飲めなかったじゃねえか。ね、せっかくだから、ゆっくり飲もうよ」

実は三助も酒を手土産にという大殿の言いつけ、そのあとのこれを期待していた。

「へへへ、じゃあ、せっかくだから、一杯」

「一杯といわずに、何杯でもいいぜ」

友蔵は茶碗を取り出して、樽の栓を威勢よくぽんと抜く。

「冷やで悪いが、さあ、いこう」

「いや、おまえから」

お互い樽から直《じか》に注《つ》ぎあって、酒を口にする。

「ああ、うめえなあ」

「ほんとだ。五臓六腑に浸みわたる」

「それにしても、下戸で野暮なご隠居にしては、おまえに酒を持たすなんぞ、ちょいと見直したぜ。饅頭《まんじゆう》とか羊羹《ようかん》ならわかるけど」

三助も頷いて、

「俺もちょいと驚いた」

「あれで、ご本人、一滴も飲まねえんだろ」

「そうでもないんだよ」

三助はふふんと笑う。

「実はね、この前、芝居のあと、番町の殿様に勧められて、茶屋で相当飲んで帰られたんだ」

「へえっ、大丈夫かい。下戸が下手に飲むと、体を壊して、大変だ。なんともなかったのかい」

「それが、酔っぱらって、なんにも覚えてないってんだよ」

「わあ。よくねえなあ」

「俺、あんな大殿様は初めてだ。今度、大殿が酒を飲んだりしたら、そばへは絶対行きたくないね」

「ふうん、謹厳実直なお方だが、ああ見えて、酒癖が悪いんだな」

「悪いなんてもんじゃない」

「酒は魔物っていうからね。気をつけないと。飲むぶんにはいいが、飲まれちゃおしめえだ」

「まったく魔物だよ。なにしろ、酔って、うっ」

また口を押さえる。

「おまえこそ、ほんとに大丈夫か。まだ吐くほど飲んでないだろう」

「いやいや、うまいねえ。もう一杯」

「いいけど、ゆっくり飲めよ。ほんとはな、なんか肴《さかな》になるようなもんがあればいいんだが、男やもめでなんにもねえんだ」

「おまえ、俺と違って、男ぶりがいいんだから、おかみさんになりたい女はいくらでもいるだろうに」

「だから、いつも言うように、御用聞きなんてのは、悪党と命のやりとりをしなきゃならねえ稼業だ。女房子があったら、御用に差し支えらあ」

「そんなもんかねえ。あの二吉の娘、お松ちゃんてんだろ。俺、おまえとお似合いだと思うがねえ」

友蔵は目を剝いて、

「よせやい。そんなんじゃねえやい」

「それはそうと、肝心な話を聞くのを忘れてたよ。近江屋の一件、番頭と継母の悪事ってのは、なんか見当はついたのかい。敵討ちになりそうな」

「うーん」

友蔵は唸る。

「それについちゃ、いろいろと調べてるんだがね。作さんの父親、先代の近江屋作兵衛さんは、河豚にあたって死んだんだ」

「え、河豚だったの」

「殺されたわけじゃねえ。実はな、ちょっと不審なこともあり、八丁堀の小島の旦那に打ち明けて、調べてもらったんだ」

「お奉行所の」

「うん、二年前、柳橋の鶴屋で酒屋の株仲間の寄り合いがあって、そこで、みんなで河豚を食って、十人のうち三人死んだ。そのひとりが作兵衛さんだ」

「そうかあ。殺されたんじゃなかったのか。じゃあ、敵討ちにはならないねえ」

「ところが、どうも腑に落ちねえことがあってね」

「なんだい」

「まだはっきりはしねえんだが、なんか引っかかるんでねえ」

「なんか引っかかるなんて、おまえ、良庵先生の言い草に似てきたね」

「へへ、違えねえ。まあ、そんなわけだが、今日はゆっくり飲もうぜ。三ちゃん、どうも、いつも飲みだすと邪魔が入るだろ」

「そうだよ、友ちゃん。あの二吉で飲んだときは、途中で食い逃げの邪魔が入ったしなあ」

「その前だって、大変だあって言って、長屋の連中が飛び込んできたしな」

「今日は大殿様も俺に酒を持たせたくらいだから、多少飲んでも、まあ、叱られないだろうし、さあ、ゆっくり飲もうぜ」

表でいきなり声がした。

「親分」

「おう、だれだい」

戸が開いて、二吉の娘のお松が立っている。

「おう、お松ちゃん。どうした」

「作さんが、昨日の夕方に出て行ったきり、帰って来ないの」

「なんだって」

・

小川町《おがわまち》の田沼主殿頭意次の屋敷を訪ねた石倉源之丞は、いったい自分がなにゆえに今、将軍お側衆の内でもひときわ異彩を放つ主殿頭から呼ばれたのか、判然としなかった。

「ようこそ、お越しくだされた。石倉殿」

奥座敷で向かいあう意次は愛想がよかった。

「実はのう。それがし、そこもとのお父上といささか縁があり申す」

「わたくしの父と」

「ご実家の榊原《さかきばら》殿ではない。今、隠居なされておられるあの又兵衛殿じゃ」

意外であった。舅《しゅうと》と意次との間になにが。

「さようでございましたか。父はそのようなこと、なにも申しておりませんでした」

「いや、縁というのは不思議なものでのう。又兵衛殿はそれがしのこと、覚えてはおられぬ。ふふふ」

意次が笑うのが源之丞にはさらに不審であった。

「それがしが今の上様に従って、西の丸より本丸へ移った折のこと、御書院番を勤めるひとりの番士より、いきなり咎《とが》められたことがある。それがしの作法が間違っていたというのだが、こちらも若く、言い返した。すると、その番士、みなの面前でそれがしをさらに罵倒《ばとう》し、あまりのことにそれがし、引き下がった」

「それが」

「又兵衛殿であったのだ」

「そのようなことが。父は小言又兵衛とあだ名され、だれかれかまわずに叱りつける悪癖がございます」

「ふふ。そのようじゃのう。わしがそのこと、上役の大岡出雲守様に伝えると、出雲守様は上様に言上《ごんじょう》なさり、又兵衛殿はすぐにお役御免となられた」

「さようでございましたか」

「が、このこと、又兵衛殿は存じておられぬ」

「父がお役御免になりましたのは、上役からも同輩からも疎《うと》まれていたと聞き及んでおります」

まさか、当時小姓であったとしても、今をときめく田沼主殿頭を叱りつけ、そのことで上様お気に入りの大岡出雲守によってお役御免にされたとは、まさに口は災いのもとである。

「だが、大御所様は又兵衛殿の実直さを忠義の壮士と褒めておられましたぞ」

「お恥ずかしゅうございます」

「さて」

田沼意次は威儀を正す。

「今日、それがしがそこもとをお呼びしたのは、そのことではない」

「ははあ」

思わず頭を下げる源之丞。

「そこもとは、武士でありながら、たいそう町方の芝居に通じておられるとか」

「いいえ、そのようなこと」

源之丞はあわてて、手を振る。

「隠さずともよい。咎めはいたさぬ。本来、武家の悪所通いはご法度であるが、今は泰平の世。芝居はおろか、吉原にさえ、刀を差した武士がうろつく。絵島生島《えじまいくしま》の頃ならばいざしらず、そのようなことでいちいち表沙汰にして罰していては、いかほどの家が潰れ、いかほどの武士が腹を切ることになるか」

「申し訳ございませぬ」

「そこもとおひとりが芝居を見る分には、かまわぬのじゃ」

意次は源之丞を見据える。

「が、あれはまずい」

「はあ」

「西の丸様が芝居見物など、言語道断《ごんごどうだん》」

しまった。ばれていたか。源之丞はがっくりと肩を落とす。こうなれば、お家断絶、この身は切腹、舅の心配する通りになった。せがれ市太郎は遠島であろうか。妻の美緒はこの先どうなるであろう。隠居とはいえ、舅の身にも累は及ぼう。さらに実家の榊原家にも。今さら悔やんでも仕方ないが。

「ははあ」

「先般、西の丸様と芝居見物の帰り、なにものかに襲われたであろう」

　源之丞は言葉もない。

「西の丸様にもしものことあれば、天下の一大事、そこもとひとりの詰め腹では済まされぬ」

「なんとも、申し訳ないことをいたしました」

　畳に両手をついて、我が身の不幸を嘆く源之丞であった。

　意次は続ける。

「あの折、かまいたちとか申す魔性が、西の丸様を護り、曲者どもを斬り捨てたとのこと、伝え聞く。それはまことか」

　顔をあげる源之丞。

「はい、仰せのとおりにございます。わたくし、愚かにも西の丸様を芝居にお連れ申しました。また、その帰りに不逞の浪人とおぼしき者どもの襲撃を受けました。そのおり」

　一瞬、言葉が止まる。なんと言おうか。

「いずれかより陣風吹きたり、浪人どもを斬り苛《さいな》みましてございます」

「さようか。うむ。神君家康公のお血筋であらせられる西の丸様、神仏に護られておられるのやもしれぬのう」

意次はしばらく無言でなにごとか考えている。

「ときに石倉殿。ふた月前のことじゃ。ここからさほど遠くない護持院ヶ原で、大がかりな仇討ちのあったこと、ご存じか」

いきなり話題が変わったので、とまどう源之丞。

「はい、いささか」

「あのおりの討手は駿河《するが》の若い藩士、敵《かたき》は卑怯にも不逞の輩を多数雇い、これを返り討ちにせんとしておった。が、討手に助太刀する者あり、敵一味を次々と斬り捨てた。実はそれがし、縁があって、討手の味方のひとり高木左門《たかぎさもん》を存じておった」

「はあ」

「左門より聞いておる。敵を次々斬り捨てた鬼神のごとき働き、そこもとの父上、又兵衛殿であろう」

なにもかも見透かされているようだ。

「ううっ、ご存じでございましたか」

「恐ろしく強いお方じゃそうな」

「いいえ」

「それほど強いお方なら、もしや、西の丸様を救うたかまいたち、又兵衛殿ではあるまいか」

「ははあ、主殿頭様。ご慧眼《けいがん》、恐れ入りまする」

神妙に認める源之丞であった。

「やはりのう」

意次は微笑んで、

「そこもとの芝居通いは感心せぬが、又兵衛殿が西の丸様をお護りしたとは、これは天晴《あっぱ》れなことではないか」

「ありがたきお言葉。なにもかも申し上げます。父は、その後、西の丸様より内密に陰の警護を承《うけたまわ》りましてございます」

「さようか。それなら安堵《あんど》いたした。して、西の丸様にはこの後、町方の芝居はご覧あそばされるのかな」

源之丞は苦悶《くもん》する。実は家治卿は五人の浪人をただの追いはぎと思い、又兵衛が警護するなら、今度は市村座の道成寺がぜひとも見たいと駄々をこねている。

が、今度再び襲われるようなことがあれば、天下の一大事である。

「いえいえ、決してさようなことは」

「なにものかがお命を狙っているのはたしかじゃ。ただの追いはぎかもしれぬ。が、あるいは上様に不満を抱く大名か」

「まさか」

「京の公家か。その尻尾《しっぽ》さえつかめれば、天下は安泰であるのだが」

意次は北叟笑《ほくそえ》む。だれが敵でだれが味方かを見きわめることこそ肝要。敵を押さえれば、この先の栄耀栄華《えいようえいが》は夢ではないぞ。

「どうじゃ、石倉殿、いま一度、西の丸様に町方の芝居をお見せしては」

あまりのことに驚く源之丞。

「いいえ、そのようなこと」

「なあに、剣豪かまいたち、小言又兵衛殿がお護りすれば、大事あるまい。うまくいけば、敵は一網打尽」

第四章　お世継ぎ暗殺

一

又兵衛は谷中の菩提寺《ぼだいじ》にひとり参詣していた。

石倉家の墓に妻の登代《とよ》が眠っている。

お役御免になって十一年、隠居して四年、日々、剣術の稽古は怠らなかったが、この腕がお上のお役に立つ日がくるとは、思いもしなかった。

墓前に手を合わせ、西の丸のお世継ぎ、大納言様をお護りするお役目を仰せつかったことを亡き妻に報告する。

あの夜、狼藉者たちを斬り伏せたのは果たして自分であったのだろうか。酩酊《めいてい》というより泥酔《でいすい》であった。夢の中の出来事のようである。

三助とお妙の前では笑い飛ばしたが、心底恐ろしい。勝てたのは、油断した相手に、ただ勢いだけで討って出て、しかも大納言様よりお預かりした刀が信じられないほど鋭利であったからだ。思えば、運がよかっただけのこと。

酒は恐ろしい。だからこそ、十一年の間、一滴も口にしなかった。

思えば、妻の登代には苦労のかけ通しであった。口うるさい又兵衛に文句ひとつ言わず、家事をこなし、娘を育て、奉公人を指図し、家を守り、夫を支えてくれた。又兵衛には過ぎた妻であった。

十一年前、御書院番をお役御免になった日、妻は晩酌を用意してくれた。又兵衛は下戸《げこ》で普段はまったく嗜《たしな》まなかったが、正月や祝い事のあるときは、形だけ盃に口をつけることにしていた。

大事なお役目を失い落胆した夫を気遣っての、せめて憂《う》さを晴らすようにとの酒であったかもしれない。

又兵衛はその日、珍しく酒を飲んだ。そして、酒に飲まれた。なにもかも面白くなかった。心中怒りが煮えたぎり、口から次々と不平不満の言葉が飛び出した。情けない未熟者である。自分が酒に弱いのは知っていたが、あれほど酒癖が悪いとは思わなかった。

心配した妻が、もうほどほどになさいませとたしなめる。なにを申すか。一言二言、言い争いになり、いつもは口数少ない妻が、口ごたえするのが腹立たしかった。悔やんでも悔やみきれないが、取り返しのつかないことをした。思わず、妻に手をあげたのだ。

日頃鍛えている又兵衛には膂力《りょりょく》がある。頰を打たれた妻の体は横に飛び、襖が破れた。

驚いた娘が泣いて止めに入り、我に返ったとき、妻は倒れながらも、泣き言はいわずに無言で肩をふるわせ堪《こら》えていた。妻を打擲《ちょうちゃく》したのは、あとにもさきにも、それ一度だけである。一生忘れられない。お役御免よりも、自分が妻にした仕打ちのほうがはるかにつらかった。

痣《あざ》こそ残らなかったが、妻はどれほど傷ついたであろうか。そのことについて、妻はなにも言わず、その後も、いつもと変わりなかった。

又兵衛もまた、詫びはしなかった。優しい言葉ひとつかけたことのない妻に、詫びるのは男の沽券《こけん》にかかわると思ったのだ。

それ以後、酒は一滴も口にしなくなった。正月はもちろんのこと、娘の祝言の席でも飲まなかった。

七年前、妻は孫の顔も知らずに亡くなった。その葬儀にも又兵衛は飲まなかった。どんなにすすめられても首を横に振り続けた。

酒は人を魔性にも鬼畜にも変える。

このたびは、西の丸大納言様よりすすめられ、芝居茶屋の席で断りきれず、酔って醜態を見せ、そのあげくに人を斬った。まるで魔物がとりついたごとく。

結局のところ、大納言様を救い、それが今度のお役目につながったのではあるが。

登代、許せ。

生前の妻には一度も詫びなかったのに、墓地に眠る妻には、幾たび頭を下げたことか。

そして誓う。もう決して飲むまい。

この後は、与えられたお役目に生きる。天下のために力を尽くす。身内に血がたぎるのを感じながら、又兵衛はいま一度、妻の墓前に手を合わせた。

住職に挨拶して、通りに出る。

冬空は快晴である。

世は泰平ではあるが、武士が武士として生きる道は残されていたのだ。日頃鍛錬を怠らず、武芸に励んだ甲斐があった。

なんとなく、心も晴れ晴れとし、足取りも軽やかになる。

谷中あたりは寺と墓地と御家人屋敷に囲まれて、細々と町人の町が続く。

元気な子供らが遊んでいるのを見て、孫の市太郎のことが頭をよぎる。

御家人相手の物売りが天秤棒《てんびんぼう》を担いで、せわしげに歩いてゆく。

平和な昼下がり。今あるこの平穏を乱してはならぬ。

おや。なんだあれは。この昼日中に往来をべたべたとくっつくように男女が向こうから歩いてくる。すれ違い様、ふと、男に見覚えがあるように思った。近江屋の道楽息子作之助ではないか。女はやけに色っぽい年増だ。

が、男は又兵衛には目もくれずに、そのまま行き過ぎる。

うむ、人違いであったかな。振り返ると、ちょうど男女は一軒の仕舞屋《しもたや》へと入って行った。明るいうちから逢引きであろうか。ふしだらな。

作之助は今、芝居町の居酒屋で厄介になっているはずだ。こんな谷中あたりの寺町を年増と歩いているわけはないか。世の中には似た人間が何人かはいるという。おそらく人違いであろう。

良庵はすぱすぱ吸った煙管《キセル》をぽんと長火鉢に叩きつけた。

「ふうん。作之助が一晩帰って来なかったというんだね」

診療所の良庵の前に、友蔵、お松、三助が並んで神妙に座っている。

「先生」

友蔵が困ったような顔で、頭をさげる。

「それで、ともかくも先生のお知恵をお借りしたいと思いましてね」

良庵は苦笑する。

「おいおい、何度も言うように、俺は八卦見《はっけみ》じゃないよ。帰ってこないと言われてもなあ。一人前の男なら、ふらっと一晩ぐらい家を空けることはあるが、作之助の場合、遊ぶ金もゆとりもないはずだ。となると、親分、おまえ、素人じゃないんだから、なにか思いつかないのかい」

「へへ、面目《めんぼく》ねえ」

友蔵は額をぽんと叩く。

「先生、そこをひとつなんとか」

「俺だって、そうなんでもかんでも見通せるわけじゃないが」

お松を見て、

「心配だろうねえ。作之助はなかなかいい男だから」

頬を赤らめるお松。

「せっかく来たんだ。お松さん、お役に立てるかどうか、ともかく、詳しく話してくれないかい」

「ありがとうございます」

お松は疲れた様子で、大きく溜息をつく。

「遊びに行ったなんて、そんな浮かれた話じゃありません。お店が忙しい最中に、急にふらっと出て行って、それっきり。ほんとに困りました。申ちゃんも心配して、ゆうべはあんまり寝てなかったみたい。まだ五つですよ。いつもは小座敷で作さんとふたりで仲良く寝てるんですけど、あそこにひとりで寝かせておくのも可哀そうなんで、ゆうべは奥で、あたしの横で。申ちゃん、何度も寝返りを打つもんだから、あたしまで眠れなくて」

お松はいきなり大きなあくび。

良庵は腕を組む。

「すると、作之助は忙しい最中に仕事をほっぽりだして出て行ったんだね」

「そうなんですよ。真面目でよく働くとおとっつぁんも喜んでたんですけど、その真面目な作さんが仕事を放りだして、一晩帰ってこないなんて。朝にも帰ってこない。お店が忙しくなるお昼になっても帰ってこない。昼間は夜の仕込みがあるのに、帰ってこない。これは尋常《じんじょう》じゃありません。それで、あたし、夕方までは手があきますから、親分のところへ、なにか探索の手立てはないか、そう思ってうかがったんです」

「なるほど」

「そしたら、親分が言うには、良庵先生はなんでも言い当てる八卦見よりすごい人だからって」

「おいおい」

良庵は友蔵を睨む。

「親分、おまえ、そんなこと言ったのかい」

「へへ、どうもすいません」

うつむき加減で首筋を撫《な》でる友蔵。

お松は眉を曇らせて、

「先生、お願いします。おとっつぁんは、男が一晩ぐらい帰ってこなくたって心配することはない。夕方までには帰ってくるよ。そんなのんきなことを言うんですけど。あたし、悪い胸騒ぎがして」

「作之助はいきなり出てったのかい」

「襷《たすき》と前掛けをさっと外して、あたしに手渡し、あわてて飛び出していきました」

「飛び出す前に、なにか変わったことは」

「はい、作さん、徳利を落として割っちゃったんです」

「へっ、それはどうして」

「お酒の燗《かん》が上手なんですよ、作さん。それでお燗の番をしてもらってて、で、お燗がついたら、あたしがお客さんのところへ運ぶんですけど、そのときは、やけに注文に手間のかかるお客さんがいて、鯖《さば》の味噌煮にするか、こんにゃくの田楽《でんがく》にするか、なかなか決まらないんです。さっさと決めてくれればいいのに。で、あたしの代わりに作さんがお酒を運びました。運ぶ途中であっと叫んで徳利の載ったお盆を落としたんです」

「あっと叫んで落とした。落としてからあっと叫んだのではなく」

「さあ、どっちが先だったかしら」

お松は首を傾げる。

「なにかに躓《つまず》いたとか、あるいはびっくりしたか」

「たぶん、びっくりしたんだと思います」

「ほう」

「店に入ってきた女のお客を見て、あっと叫んで、徳利を落として。で、すぐに襷と前掛けを外して、飛び出していったんですよ」

「その女がなにかしたんだな」

「さあ、どうかしら。夕方はお店が混むんです。土間も小座敷もいっぱいで。そんなときに女の人がひとりで入ってきて、あたし、いらっしゃいとは言ったものの、座る場所がないんですよ。うちは居酒屋ですから、お客はたいてい男の人でしょ。男同士もあれば、男ひとりで来る人もいます。ごくたまに女連れの男も来ますけど、そもそも、女の人がひとりで来るなんて、ありませんよ。で、お客さんの目がみんなその女の人に向いたんです」

「男たちの目を引く女だったのか」

「そうですねえ。女がひとりで居酒屋に入ってくるのは珍しいですから。それに、女のあたしが言うのもなんですけど、ちょっと色っぽい人でした。粋筋《いきすじ》といいますか、堅気《かたぎ》のおかみさんには見えません。三十は過ぎていましょうけど、着ているものも頭もちょっと派手で人目を引きました。土間にいるお客さんが、気を利かせてか、下《した》心《ごころ》があってか、床机《しょうぎ》を少しずつ詰めて、その女に、ねえさんこっちへどうぞ、なんて声をかけます」

「いい女だったんだな」

「でも、女の人は入口に突っ立ったまま、なにも言わずにきょろきょろと店の中を見回してました。そこへ奥から徳利を持って作さんが出てきて、女の人を見て、それであっと叫んで徳利を落として」

「うん」

「で、女の人はせっかく空いた床机には座らず、注文もなにもせず、黙ってぷいと出て行ってしまい」

「作之助があわてて女のあとを追ったか」

「ええ。あらあ、いやだわ。仕事を投げ出して女の人を追いかけるなんて。真面目な人だと思ってたのに」

　お松は悔しそうに唇を噛む。

「他になにか、気がついたことは」

「うーん、そうですねえ。あたしもいきなり作さんが出ていって、びっくりしましたけど、店が忙しいでしょ。お客さんがどんどん来ますし、それで、そのまんま。でも、おかしいわねえ。作さん、上方に八年いたから、江戸には知り合いはひとりもいないって言ってたのに、お絹って呟いて、それって、あの女の人の名前かしら」

良庵は煙管に煙草を詰めて、火鉢の火をつけ、ふうっと煙を吐く。

「お松さん、だいたいのところはわかった。実はな、おまえさんに言ってなかったことがあるんだ」

そう言われて、不審顔のお松。

「なんでしょうか」

「作之助の素性だ」

「はい」

「あれは日本橋本町の酒屋、近江屋の若旦那だ」

「えええっ」

大仰《おおぎょう》に驚く。

「近江屋って、あの大店《おおだな》の」

「おまえさんを騙《だま》すつもりはなかったんだが、いろいろとややこしい事情があってな」

「作さんが大店の若旦那」

お松は目を伏せる。

「そういえば、どことなくおっとりしてたわ」

良庵は頷き、

「こうなったら、おまえさんにはなにもかも言っておいたほうがよさそうだ。作之助は八年前に道楽が過ぎて、上方に酒屋の修業に出た。が、そこで茶屋勤めの女といっしょになって、近江屋を勘当されたんだ。むこうで子供も生まれ、けっこう気楽に暮らしてたんだが、去年、おかみさんがふいにいなくなった」

「えっ、死んだんじゃなかったんですか」

「神隠しか、なにか悪事にでも巻き込まれたか、わけはわからない。いくら待っても帰ってこない。だんだん暮らしも立ちゆかなくなって、実家を頼って江戸に舞い戻ったら、若旦那は三年前に死んだといわれて、追い払われた。で、困って、おまえさんの店で食い逃げした」

「そうだったんですか」

「いなくなったおかみさんの名前がお絹という」

「まあっ」

驚くお松。

「じゃあ、あの女の人が」

「江戸に知り合いのいない作之助が、顔を見て徳利を落とすほどびっくりし、店の仕事を放り出して、あわててあとを追う。しかもお絹と呟いた。これはもう、上方で一年前に姿を消した女房に違いない。と俺は思うがねえ」

良庵は煙管をぽんと長火鉢に叩きつける。

「となると、ちと、厄介だなあ」

友蔵、眉をしかめて、

「先生、厄介って、それはどういう」

「作之助が危ないかもしれない。どうやら悪いやつらが、動き出したってことだ」

谷中の古寺にこの数日の間、各所から集まった浪人たち二十余人。

いずれも見すぼらしいみなりで、連日のように昼間から酒を飲んでいる。

「太夫《たゆう》、五人の弔い合戦は、いつになりましょうや」

浪人のひとりが目をぎらつかせて言う。

太夫と呼ばれたのは、もと大給松平家の江戸家老佐伯主水介である。

「いま少しの辛抱《しんぼう》じゃ。みなみな、あまり飲みすぎぬよう、心いたせ」

「しかし、大沼《おおぬま》をはじめ、五人の者、いずれも手練れ。それが無残に胴斬りとは。まさか妖魔とも思えませぬが、かまいたち、いったい何者でございましょう」

「こちらも油断しておった。芝居好きの道楽息子に供ひとり、そう聞いて、この好機、たやすく成就できると思うたが。西の丸を護る陰の者ども、闇に潜《ひそ》みおったのであろう」

「無念にございます。が、次は相手もよほど用心いたしておりましょう」

「さよう。お忍びの芝居見物となれば、そう多くの供はつけられまいが、行きは昼間ゆえ、こちらの動きが悟られる。芝居のあと、茶屋で酒を飲み、城へ帰るところを闇に紛れて待ち受ける。向こうも用心しておろうが、こちらも二十余人、次は油断なく力の限り斬り進む。わしもいっしょに討って出る」

「太夫」

「うむ。われらのうち、何人が生き残るかは知れぬが、敵は道楽息子ひとり、それさえ討ち取れば、この合戦、われらの勝利ぞ」

「われら、もとより命を捨てる覚悟でございます」

「よくぞ、申した。かまいたちが何匹おろうと、命を捨てて刺し違える覚悟があれば、なんとでもなる。西の丸を倒して、その死骸を世に晒《さら》す。悪政の報い。さすれば、将軍家の命運は尽きる」

ここにいる二十余人のうち、生き残るのは幾人か。

山城屋清兵衛は胡乱《うろん》なところがあるが、その後ろには京よりくだった公家、大納言朱雀小路卿がおられる。

お世継ぎさえ倒せば、失政を理由に朝廷より家重公の将軍職罷免《ひめん》を通告、従わねば将軍家に不満を持つ大名方が立ち上がり、武力で威嚇《いかく》、将軍は日光《にっこう》に追放となる。

大納言朱雀小路卿がお約束くだされた。尊皇の志篤《あつ》い田安卿が新将軍の宣下《せんげ》を受け、私利私欲にまみれた佞臣《ねいしん》どもはお役御免、お家断絶、領地没収、浪人の身分に突き落とされるであろう。正義は守られ、不正のない公平な世となるのだ。

もとのご主君松平和泉守は老中に就任。このたびの合戦に功のあったもと家臣は藩に帰参、あるいは旗本として新将軍家に召し抱えられよう。

だが、この身は立身など望んではおらぬ。願いはひとつ、西の丸を討つ。先代藩主松平左近将監の無念を晴らすのだ。

二

「馬鹿者め。三助、また飲んでおるな」

「ああ、いいえ、それほどでも」

「友蔵に届けるように申し渡した酒、おまえ、友蔵とともに飲んだであろうが」

そりゃあ、飲みますよう。大殿様だって、そのおつもりだったんじゃや。

「どうじゃ、飲んだであろう」

ぐっと睨みつける又兵衛。

ああ恐ろしや。三助は平伏。

「ははあ、申し訳ございません」

「ふんっ、意地汚《いじぎたな》いやつめ」

そりゃないよ。それに飲んだといっても茶碗にわずか一杯か二杯、そんなの飲んだうちに入らない。

「で、酔いどれて、こんな刻限まで油を売っておったのか」

酔ってませんて。一杯や二杯で酔いません。大殿様とは違うんだから、とは言えない。

「そりゃまあ、友蔵のところでたしかに飲むには飲みました。ですが、そこへ居酒屋二吉の娘のお松が訪ねてきまして」

「今度は居酒屋で飲んだか」

「違いますって」

そんなわけないよ。

「お松が申しますには、作之助が昨夜、ふらっと出ていったきり、戻って来ないとのこと」

「なに。作之助が戻ってまいらぬと」

「はい。それでね、作之助を二吉の店に世話したのが友蔵、しかも友蔵は御用聞き、ですから、行方を探してほしいと」

「うむ」

「友蔵も困りましてね。それで、良庵先生のところへ、そのまま三人で行きまして」

「良庵のところへまいったのか」

「はい。で、いろいろ先生から聞いているうちに、こんな刻限になってしまって、決して酒を飲んで油を売ってたわけじゃありません。どうかお許しを」

もう一度、深く頭を下げる。

「詳しく申してみよ」

「申し上げます。お松の話では、昨夜、店が忙しい最中に、作之助があっと言って、酒の徳利を落として割ったそうです」

「なに、あっと申して、店の酒器を壊し、酒を無駄にしたことを悔いて、出ていったというのか」

「いいえ、そうじゃありません。じれったいなあ」

三助は身をよじる。

「おまえがじれったいのじゃ」

「ですから、その前に店にふらっと女が入ってきました。作之助は驚いて、徳利を落とした。どうもそれが、上方でいなくなったというお絹という女房らしい。で、仕事をほっぽりだして、あとを追って出ていったと、こういうわけ」

「うーん」

又兵衛は考える。

「それでね。良庵先生が言うには、悪人どもが動き出した気配」

「うむ」

「近江屋の先代は商売熱心で、いろいろ工夫して、江戸でうまい酒を造ろうとしてたみたいです。そうなると、上方から来ている出店は面白くない。そこで、若旦那の作之助を道楽者にして、上方に追いやり、近江屋の身代を番頭に譲るように仕向けた。だけど、作之助は上方で酒屋の修業を熱心にやりはじめたので、女を使ってたらしこみ、骨抜きにし、江戸に戻らないようにした。それでも作兵衛はなかなか番頭に身代を譲ろうとしないので、作之助が死んだことにして、番頭を婿にし、で、そのあと作兵衛は死ぬわけです」

「上方の酒屋が諮《はか》って作兵衛を亡きものにしたと」

「直《じか》に作兵衛を殺したのは河豚《ふぐ》です」

「河豚」

「はい、河豚ってのは、うまいらしいですけど、毒がある。あたしは金輪際《こんりんざい》食いたくありませんや」

「で」

又兵衛は促す。

「はい、近江屋作兵衛は酒屋の寄り合いで河豚を食って死にました。となると、上方の酒屋が寄ってたかって近江屋に無理やり河豚を食わせたんじゃないかと」

「うむ」

「となると、ゆうべ、二吉に顔を出した女は上方の手先、作之助を誘い出して、悪くすると命を奪うんじゃないか。若旦那の作之助はもともと三年前に死んだことになってるんですから」

「それが良庵の見立てか」

「はい。でもねえ。そこまではなんとなく、わかる気もするんですが、肝心の作之助がどこへ誘い出されたか、これぱっかりは、八卦見、いえ、蘭方の先生でも見当がつかないようですよ」

「三助よ」

「はい」

「作之助がどこにおるか、わしにはだいたい見当がついておるぞ」

ぽかんと口を開ける三助。

「大殿様、ほんとですかあ」

「これから良庵のところへ行く。いっしょにまいれ」

深刻な表情で煙管を吹かす良庵。

「そうでしたか。作之助が谷中に」

女と連れ立って、でれでれと歩く作之助のだらしない姿が又兵衛の脳裏に浮かぶ。

「たまたま菩提寺に参った帰り、わしにも気づかぬ様子で、人違いかとも思うたが、色っぽい年増と歩いておったので、おそらくそれが、上方で行方をくらませた女房であろう」

「ふたりが入っていった家は覚えておられますか」

頷く又兵衛。

「うむ。菩提寺のすぐ近く、商家ではなく、黒板塀の仕舞屋であった」

「そこで作之助を密かに始末するのかなあ」

「しかし、良庵。作之助の父が河豚に当たって死んだというのはまことか」

「そうなんですよ。友蔵の話では、奉行所にも調べ書きが残っているとのこと。酒屋の寄り合いで、食道楽の連中が無理に河豚の肝を料理させてあたったということですが、死んだのが近江屋を含む三名で、いずれも上方の山城屋にとって、邪魔な人間だった。跡取りの作之助は女で身を持ち崩し、しっかり者の父親は河豚で死ぬ。まったく山城屋にとって、都合のいい筋書きなんですが、それを証拠立てる決め手はありません」

「たまたまということもあり得るな」

「山城屋がよほどの強運の持ち主ならば。だが、女が現れたとなると、話が違ってきます」

どたどたと駆け込む三助と友蔵。

「大殿様、友蔵を連れてまいりました」

「おお、ご苦労じゃ」

「家にいなかったんでね、芝居町を探してまわりました」

「ご隠居様、道々、三助から聞きましたけど、作之助の居所がわかったんですって」

いきりたつ友蔵。

「うむ。まず間違いなかろう」

「よーし。じゃあ、さっそく踏み込んで助け出さなきゃ」

「おいおい、親分、そうあわてるな」

「だって、先生。今にも殺されそうな話じゃないですか」

「殺すつもりなら、ゆうべのうちにどうにかして、今頃、死骸は大川に浮かんでいるだろう。それが今日の昼間に谷中を女と仲良く歩いていたんだぜ。ちょいとその家と女を探れば、なにか河豚の手掛かりが見つかるかもしれない」

「どうする、良庵」

「そうですね。まず、ご隠居様にはお手数ですが、このふたりを谷中の家まで案内してください。友蔵、探索はおまえの仕事だ」

「はいっ」

「そのあとはいかがする」

「なにも変わったことがなければ、ひとまず本所のほうへお帰りください。あたしはなにかうまい手立てを考えますので、そうだなあ。明日の朝にでも、もう一度お越しください」


小川町の田沼屋敷を再び訪れた石倉源之丞は、奥座敷で緊張していた。

「石倉殿、わざわざお呼び立てして、申し訳ない」

「いいえ」

「例の一件であるが、近々断行いたそうと存ずる」

「ははっ」

「とはいえ、あくまでも内密に行わねばならぬ。わしも手立てはいろいろと講じるつもりだが、あまり手は広げられぬ」

「さようでございますな」

「今、日本橋葺屋町の市村座で打たれておる芝居、そこもとご存じか」

源之丞は大きく頷く。

「はい、平家物語に道成寺を組み合わせたものと聞き及びます。このたびの顔見世に合わせまして、瀬川吉次が二代目菊之丞となり、白拍子《しらびょうし》を演じまする。なかなかに珍しき趣向とか」

「えへん」

あわてる源之丞。

「あ、これは失礼を」

「西の丸様には、この芝居をご覧いただく」

「道成寺はことにお好きでございますゆえ、お喜びなさいましょう」

「表立って仰々しい警護は避ける。前回、西の丸様が芝居帰りに襲撃なされたは、いずこかに敵に通ずる者ありと見て、間違いあるまい。こちらの警戒が厳しいことを悟られてはならぬ」

「まずは今まで通り。西の丸様はお忍びにて、若侍の体《てい》。供はそこもとひとり。城内およびお曲輪《くるわ》内はまさかに襲う者もおるまいが、念には念を入れ、わしの手の者を要所要所に忍ばせる」

「ははっ」

「鍛冶橋御門外に町駕籠《かご》を待たせるが、駕籠かきはわが配下の屈強の使い手二名がこれを受け持つ。駕籠脇に付くはそこもとと、石倉又兵衛殿」

「はい」

「父でございますか」

源之丞は浮かない顔をする。

「いかがなされた」

「いえ、父は西の丸様が二度と芝居など見てはならぬと、強く申しておりましたので」

気が重い。また小言を食らうだろう。

「これは将軍家に弓引く者どもをあぶり出すまたとない機会、又兵衛殿の警護なくしてはなりたたぬ」

「はあ」

「明るいうちは、敵もやすやすとは討ち込めまい。又兵衛殿ならば、五人や十人は相手ではなかろう。又兵衛殿あってこそ、西の丸様には危害が及ばぬのじゃ。又兵衛殿は西の丸様より警護のお役目を承諾なされたのであろう」

「はい」

「ならば、否《いや》も応《おう》もない」

「承知いたしました」

「無事に芝居町に着くと、決められた茶屋に入っていただく。西の丸様の両脇には、そこもとと又兵衛殿が常につき従う。茶屋の座敷、及び芝居小屋の桟敷は、ともに両隣を押さえ、町人に扮したわが手の者を割り当てる。西の丸様にはそこで芝居をお楽しみいただく。そこもとも芝居好きならば、ごいっしょにお楽しみなされよ」

「はあ」

　おそらく、芝居など楽しむゆとりはないだろう。

「芝居のあとは、西の丸様に茶屋でゆるりとご休息いただき、さて、帰りは夜になっておる。ここまで何事もなければ、敵は必ず闇に紛れて帰路を襲うはずじゃ。茶屋や桟敷で西の丸様を陰よりお護りしておったわが手勢が、見え隠れに駕籠に従う」

　これは命がけだぞ。源之丞は息を飲む。

「石倉殿。そこもと、剣術はあまりおできにならぬと聞いておるが」

「面目ないことで」

「お命を捨てる覚悟はおありかな」

「はい、これでも直参旗本。今まで剣術修行を怠ってまいりましたのは、返す返すも残念でございますが。敵と刺し違えてでも、西の丸様をお護りいたしまする」

「それはよいご決心じゃ。敵が現れれば、すぐさまわが手勢が背後より討ちかかる手筈である。それにかまいたちの又兵衛殿ならば、敵を斬って斬って斬り捨てよう。滅多なことはあるまいて」

「ははあ」

ならばよいのだが。

「そして、敵が西の丸様のお命を狙うこと、われらがそれを護らんとすること、決して西の丸様ご本人に詳しく悟られてはならぬ。いつも通り、芝居を楽しんでいただければ、それでよい」

三

良庵の診療所には朝から又兵衛、三助、友蔵が顔を合わせて、作之助を救う相談。

「いつもは、女がひとりで住んでます。ときどき、旦那が通ってくる」

「つまり、女は囲われ者か」

「みんな口が堅くてねえ。なかなか、すらすらとはしゃべってくれない。あのあたりは御家人屋敷の武家地とあとは寺社地がほとんどで、町には決まった御用聞きはいません。神田、日本橋あたりの下町と違って、住んでる連中ものんびりしてます」

友蔵は帯に差した十手を叩く。

「いざとなりゃ、これにものを言わせようかとも思ったんですが、ちょいと懐に入ると、なんでもぺらぺらしゃべりだす」

「おい、友蔵。能書きはそのへんでいいから、さっき俺に言ったこと、もう一度、ご隠居と三助さんにも言いな」

「へへ、すいません」

良庵に促された友蔵。

「女の名はお絹。てことは、いっしょに入ってった男はご隠居様のおっしゃる通り、作之助に違いありません。さらに、驚いたことに、お絹の旦那ってのが、京橋の山城屋清兵衛」

「うわあ、そんな気がしてたよ」

じろっと三助を睨みつける又兵衛。

「昨日はその黒板塀に山城屋は来ておらなかったのだな」

「はい、まあ、月に何度かは来て、泊まっていくそうです。ふだんは小間使いも置いてなくて、お絹が気楽に暮らしています。だからゆうべは、お絹と作之助がふたりっきりで。へっへっへ」

唾《つば》を飲み込む三助。

「いい気なもんじゃな。助ける気がせんわい」

苦い顔の又兵衛。

「まあまあ、ご隠居、そうおっしゃらず。おい、友蔵、大事なところだけ話せ」

「へい、山城屋の野郎、いつも、薄気味の悪い浪人を連れて歩いてるそうで、用心棒でしょうね」

良庵は頷き、

「金のあるやつは用心がいいんです」

「良庵、いかがいたす」

「おそらくは、山城屋、用心棒を連れて、谷中の妾宅へ向かっているでしょう」

「となると」

腕を組む良庵。

「そうですなあ。作之助はあっさりと斬られるか、あるいは、他に使い道があれば、生かされるかもしれませんが」

「商家の、それも大店の主人が、このような明るいうちから妾宅へまいるであろうか」

「たぶん、行きますよ。山城屋というのは恐ろしく悪賢い男です。最初からなにもかもが山城屋の仕組んだこと。おそらくは、上方からの知らせで作之助が江戸に戻ったことも、近江屋を追い払われたことも、食い逃げのあげく、ここに運び込まれたことも、友蔵の世話で二吉で働き始めたことも、なにもかも承知で、お絹に作之助をおびき出させたんでしょう」

驚く友蔵。

「先生、まさか、そこまで」

「俺たちが相手にしようとしてるやつは、悪賢い金持ちだ。用心に越したことはない」

「良庵、ならば」

「はい、われわれもすぐに谷中まで行きましょう。いずれにせよ、作之助が危ない。支度している間はないな。わたしが考えついた山城屋の悪事、道々説明いたしましょう」

死んだはずだと思っていた恋女房のお絹が突然に目の前に現れた。

作之助は我を忘れて、二吉の店を飛び出し、お絹にすがりついた。夢ではなかった。いったい、なにがあったのか。問い詰めると、お絹は立ち話で済む話ではないと、近くの出会い茶屋に作之助を誘った。

お絹の話は哀れであった。江戸の母親がふとした出来心で盗みを働いて、お縄になったという。そんなことは作之助にはとても言えない。矢も楯《たて》もたまらず黙って江戸に引き返した。

お絹を茶屋に売り飛ばした憎い母親だが、やはり親には違いない。

親切な人がいて、金を出してくれて、母親を牢から救い出せたが、間もなく母親は死んでしまい、借金だけが残った。

そこで、今はその人の世話になっている。

お絹は涙ながらにそう話した。

母親は盗人《ぬすっと》で、自分は今は妾《めかけ》の身、上方のことは気になってしょうがなかったのだが、こんな自分の身の上を知らせるわけにもいかず、申し訳ないことをした。

そんなことがあったのか。

作之助もこの一年に自分と申太郎の身に起こったことを話し、出会い茶屋で朝を迎えた。

朝には、腑抜けの作之助であった。

谷中の妾宅には、旦那は滅多に来ないから、これからいっしょに行って、今後の身の振り方を考えよう。

そう言われて、でれでれしながら、ついて行った。

お絹と会えたうれしさで、他のことはなにも目に入らず、なにも考えられなかった。

黒板塀の妾宅はさほど広くはないが、小ぎれいであった。

座敷に入ると、お絹はいきなり作之助にむしゃぶりついた。

「ああ、会いたかった。おまえさん」

布団を敷いて、帯を解いた。

作之助は、布団で横になっているお絹を抱きしめた。

「お絹、あたしは、どれだけおまえが恋しかったことか」

また一晩、いっしょに過ごす。今度は旦那の留守の妾宅で。そろそろ昼は過ぎたか。もうふらふらだ。上方で所帯を持っていたあの頃に戻ったようだ。積もる話もあるが、冬はこうして、抱き合っているのがいいなあ。

そのとき、表で大きな声がした。

「戸ぉが開いたままやがな、物騒な」

上方訛《なま》りの下品なだみ声であった。

入ってきたのは山城屋清兵衛、布団で裸同然にもつれるお絹と作之助を見て、叫ぶ。

「わあ、びっくりしたあ。なんやねん。間男《まおとこ》か」

お絹は飛び起き、乱れた寝間着のまま清兵衛にすがりつく。

「違います。旦那様、間男なんかじゃありません。あたしが昼寝してたら、いきなり入ってきて、あたしを手込めにしようと」

狼狽《ろうばい》する下帯《したおび》ひとつの作之助。

「お絹、なんてこと言うんだ」

「そうか。間男かと思うたら、盗人か。先生、出てきとくんなはれ」

すうっと痩せた浪人者が入ってくる。

「どうした、旦那。わあ、こいつは目の毒だ」

「盗人がわての大事なお絹を手込めにしたんや。どうぞ、成敗しとくれやす」

「こいつは面白い。近頃、世間で評判のかまいたちに因《ちな》んで、据物斬りで真っ二つといこう。裸なのはちょうどいい」

浪人は刀に手をかける。

「待ってくれ。これはなにかの間違いだ。お絹はあたしの女房だよ」

「阿呆ぬかせ。女房やと」

清兵衛はじっと作之助を見て、さらに驚く様子。

「おおお、おまえ、だれやと思うたら、近江屋の道楽息子やないか」

驚く作之助。

「あっ、あんた、伏見の山城屋治兵衛」

「違うわい。阿呆っ。わしは京橋の山城屋清兵衛や。伏見の兄貴とはよう似てるんで、間違えられることもあるけどなあ」

「じゃあ、お絹の旦那というのは」

「わしやがな」

作之助は恨めしそうにお絹を見る。

いきなり笑いだすお絹。

「ふっふっふっふ。旦那、臭い芝居はもうこれまでにしましょうよ」

「そうやなあ。下帯ひとつで胴斬りで死ぬ前に、あんまりいじめても可哀そうや。若旦那。親父が話のわからん石頭なら、せがれは道楽もん」

「これはいったい。お絹、おまえは」

お絹はせせら笑う。

「まだわからないのかい。おまえさんは最初からずっと、だまされていたんだよ。山城屋の旦那が出る杭の近江屋を乗っ取るために、馬鹿な番頭をそそのかし、おまえさんが上方に行くように仕向け、そこで、おまえさんが商売に身を入れないように、あたしが頼まれて近づいたのさ」

「五年もいっしょに暮らしていたおまえが山城屋の手先。子供は、申太郎のことはどう思ってるんだ」

「実をいうとねえ。あれはあたしの子じゃないんだよ。産み月にしばらく丹波《たんば》の篠山《ささやま》に行ってただろ。あたしは孕《はら》んじゃいなかったのさ。あの子はあのあたりの子だくさんの貧乏人から二両で買った赤ん坊だ。驚いたかい、お人好しの若旦那」

「申太郎が、あたしの子じゃない」

頭を抱える作之助。

「じゃあ、山城屋清兵衛、おとっつぁんは河豚に当たって死んだと聞いたが、あれもおまえの仕業か」

首を横に振る清兵衛。

「いいや、作兵衛さんが河豚で死んだんは、ほんまやで。作兵衛さんだけに河豚を食わせると、あとでご検視が怖いから、十人、みんなおんなじ河豚の肝。ただ、上方の店のもんは示し合わせて、だれも箸をつけへんかった。ふたりが先に苦しみだして、作兵衛さんは、びっくりして吐き出さはったわ。そやけど、運がないなあ。朝まで苦しんで、ようよう持ち直したとこで、医者が目ぇ離してるすきに、わしが肝を口に押し込んだら、七転八倒のもがき死に。よっぽど苦しかったんやろなあ。ああ、河豚は怖い、怖い」

「おのれ、山城屋、おまえがおとっつぁんを」

「うん、番頭の徳三がどうしても主人になりたいていうんでな」

「あいつも同じ穴のむじなか」

「いいや、あんなん、ただの使い走りや。そのうち、追い出して、近江屋は京の山城屋の二番めの出店になる。上方の酒がどんどん江戸へ入ってくるのや。さあ、阿呆旦那、これだけ聞いたら、心置きのう死ねるやろ。先生、据物斬りでばっさりと真っ二つに」

「よし」

浪人は刀の柄《つか》に手をかける。

と、そのとき、

「待ちやがれっ」

大声にひるむ浪人。

「やい、やい、やい、馬鹿野郎めっ」

十手を手に友蔵が駆け込んでくる。

「なんや、おまえは」

「てめえらの悪事は全部、この田所町の友蔵親分が聞かせてもらった。山城屋、覚悟しろ」

「阿呆がまたひとり、飛び込んできたなあ。先生、この岡っ引きもいっしょにやっとくんなはれ」

「うん、斬りがいがあるなあ」

　さっと刀を抜く浪人。

「待て、待て、待て」

　ぬっと入ってくる又兵衛。

　呆れる山城屋。

「なんや、またか」

「天下泰平と思うていたが、まだまだ世には悪がのさばっておったか。山城屋清兵衛、おのれの商いの繁盛のため、顔色ひとつ変えず罪なき人の血を流すとは、見下げ果てた金の亡者《もうじや》め」

「ほう、大層なんが出てきよった。まるで顔見世の暫《しばらく》やな」

「山城屋、うぬの悪事は許しがたい。この場でわしが斬り捨てようか。それともおとなしく縛《ばく》につくか」

「阿呆らし。先生、まずは生き証人から」

「心得た」

　浪人、にやりと笑い、抜き打ち様、お絹の胴を払う。

「ああっ」

呻《うめ》いて倒れるお絹。返す刀を作之助に振り上げる浪人。

「おのれ、許さん」

又兵衛、ひとっ跳びで、浪人を袈裟懸けに断ち斬る。

「ううっ」

宙をつかんで倒れる浪人。

その斬れること、浪人の鎖骨はおろか肺腑《はいふ》の半ばまで両断している。

みなが啞然としているとき、ぽかんと口を開けていた三助を突き飛ばして、山城屋が裏口へ駆ける。

隅で見ていた良庵が叫ぶ。

「友蔵っ。逃がすな」

「合点」

友蔵も裏口から飛び出していく。

「お絹っ」

作之助は浪人に斬られたお絹を抱き寄せる。

「なんてことだ」

「おまえさん、悪の報《むく》いだよ。天罰がくだったね」

　お絹の寝間着がみるみる血で染まる。

「あたしは、見ての通りの悪い女さ。おまえさんをだまして、骨抜きにして、江戸に帰さない。ところが、だますつもりが、まんまと山城屋にやられちまった」

　お絹の口から血が流れる。

「わかった。なにも言うんじゃない。おまえは、あたしにとって、なによりもいい女房だった」

「おまえさんもとことん馬鹿だねえ。馬鹿ついでに、どうか、申太郎を大事にしてやっとくれ」

「申太郎は金で買った貰い子じゃ」

「あれは嘘さ。申太郎はあたしがお腹を痛めたおまえさんの子だよ。山城屋には貰い子と言っておいた。でないと、あいつ、あの子まで殺すかもしれないから」

「そうだったのか」

「この二日二晩、あたしは、ほんの少しだけ、ほんの少しだけ、しあわせだったよ。おまえさん」

　お絹の首ががくっと垂れる。

「お絹っ」

お絹の亡骸《なきがら》を抱きしめ、泣き崩れる作之助。

「さてと」

良庵がつぶやく。

「うまく友蔵が追いつけばいいが、山城屋清兵衛、抜け目がないからなあ。町方が来る前に、作之助さんを残して、われわれは退散しましょう」

「しかし」

惨状を見下ろす又兵衛。

「山城屋の悪事はこれで、充分です。妾を使って、作之助さんをおびき出し、殺そうとした。先代作兵衛さんを河豚で毒殺。番頭の徳三といっしょになって、近江屋乗っ取り。用心棒の浪人を使って、生き証人の作之助さんと妾を殺そうとした。浪人が妾を斬ったそのとき」

良庵は首をひねる。

「うん、つむじ風が吹いて、浪人が死んでいた。これで通るかもしれない」

四

「なんと申す。源之丞」

　本所の隠宅を訪れた婿が話を切り出すと、又兵衛は頭ごなしに怒鳴りつけた。

「先日、襲われたばかりじゃ。大納言様には、二度と芝居をお見せしてはならぬと申したではないか」

「それは重々承知しております」

　頭を下げる源之丞。

「大納言様にも困ったものじゃな。芝居など見たいとは」

「いえ、このたびの芝居見物、西の丸様がお望みなされたのではなく、わたくしがおすすめいたしました」

「なんじゃと。そなたが大納言様に。正気の沙汰とは思えぬ」

「父上、無論、これにはわけがございます」

　源之丞は居住まいを正す。

「このたびのこと、田沼主殿頭殿よりのご要望にて」

っている。

「なに、田沼殿とな」

権勢を誇る将軍家御側御用取次、田沼主殿頭意次の名は、隠居の身の又兵衛とて知っている。

「田沼殿がなにゆえに」

「将軍家に弓引かんとする不穏の動きあり。これを阻止し、一味を一網打尽にするお考えにございます」

「うーむ」

源之丞は先日の田沼の策を詳しく伝える。

黙って聞いていた又兵衛、難しい顔で唸る。

「つまり、お世継ぎ大納言様の芝居見物にかこつけて、謀反人どもをおびき寄せる所存じゃな」

「さようにございます」

又兵衛は首を振る。

「いかん。あまりにも無謀である。万が一、大納言様にもしものことがあれば、それこそ天下の一大事ではないか」

「田沼殿のお話では、敵は上様に不満を抱く大名、また京の公家、それらが手を結び、西の丸様を亡きものにせんとのたくらみではないか、とのこと。この機会を逃せば、今後、いつどこで西の丸様が狙われるかしれません。今回の襲撃を阻止し、西の丸様を無事にお護りできるのは、父上の剣。田沼殿は先日のかまいたちの一件、父上が狼藉者どもを斬り捨てたこと、ご存じでありましたぞ」

驚く又兵衛。

「なんと、田沼殿が」

「父上、将軍家のため、どうか西の丸様をお護りくださいませ」

手をつき深々と頭を下げる源之丞。

「お城から芝居町まで、行きは明るい。路上で駕籠に近づく者あれば、わしがすべて斬り捨てる。だが、間もなく晦日《みそか》。帰りは闇夜じゃ。敵の数は知れず、思いも及ばぬ手で襲うてまいるぞ。大納言様を護りきれるか」

「わたくし、腕は未熟でございますが、この命に代えて、西の丸様をお護りする覚悟にございます」

「ふん」

又兵衛は鼻先で笑う。

「そなたの腕では、たとえ命を捨てたところで、大納言様を護りきれぬ」

い込む。

又兵衛は大きく溜息をつき、立ち上がって、戸障子を開け、真冬の空気を大きく吸

「父上」

「いかがしたものか」

庭を掃除する三助の姿がふと目にとまり、はっとする。

「三助よ」

「はい、大殿様」

「手を休めて、座敷までまいれ」

なんだい。大殿様、怖い顔だったなあ。なんかしくじったんだろうか。

この前も言われたんだ。おなじところばかり、何度も掃いてどうする。

だって、お妙さんが掃除、洗濯、飯の支度、あらかた全部やっちまうんだもの。手持無沙汰で、つい、庭を掃いてるしかないんだよなあ。

お妙が痒《かゆ》い所に手が届くまで全部やるから、三助には暇《ひま》をとらそう、なんて真面目な顔して悪い冗談。ほんとは半分は本気だったんじゃないか。

今日はお屋敷のお殿様が来て、なにやら相談してる。ひょっとして、三助は不要だからお屋敷に戻す、なんて話じゃないだろうなあ。

「三助でございます」

座敷に声をかける。

「入れ」

すうっと襖を開けて、三助は驚く。

又兵衛が抜き身をしげしげと眺めているのだ。あれは西の丸お世継ぎ様からの拝領の刀。

まさか、なにか手落ちがあって、そこへなおれ、成敗いたす、なんていやだよ。大殿はこないだも谷中で浪人を斬ったばかりだ。護持院ヶ原からこっち、人を斬るのが好きになった、なんてことはないよなあ。

怖々、言ってみる。

「なにか御用でございますか」

「うむ」

いつもなら、馬鹿め、用があるから呼んだのだ、と叱りつける大殿様がなにも言わずにじっとこっちを見てる。

「どうじゃ、見事であろう」

抜き身をかざす又兵衛。

武士ではないから、三助には刀の良し悪しはわからない。が、凄みはわかる。まるで吸い込まれそうだ。

「はあ」

「身幅広く、重ねは剃刀《かみそり》のごとく薄い。これなら、胴斬りはたやすいな。ふだん、このような刀を帯びていると、無闇《むやみ》に人が斬りたくなるやもしれぬ」

三助はぞっとする。

「無銘ではあるが、たびたびの合戦で、いかほどの血を吸ってきたことやら。まさに将軍家の妖刀である。さて、三助よ」

「三助よ」

「はい」

「おまえの命」

えっ。

「わしに預けてくれ」

芝居町にほど近い姫路藩酒井雅楽頭の中屋敷。

奥書院に滞在中の大納言朱雀小路卿に深々と頭を下げているのは、山城屋清兵衛である。

朱雀小路卿のやや下座で酒井雅楽頭忠恭が厳《いか》めしい顔で清兵衛を睨みつけている。

脇息にもたれかかり、盃を口にする朱雀小路卿がふふんと笑う。

「山城屋、京橋の店に町方の手入れがあったそうやが、大事ないか」

「いえいえ、滅多なことはございません」

「こりゃ、山城屋」

雅楽頭が叱りつける。

「大事の前にそのほうの不始末。惨事のあった谷中の寮より逐電《ちくでん》し、近江屋作兵衛の死にも関与したとの疑い、それはまことか」

「商いの上のことどす。それよりも西の丸が動き出しましたえ。将軍家の道楽息子、また芝居が見たいとわがまま言うて、とうとう、今度、市村座の道成寺を見ることになりました」

「そうか。懲《こ》りんやつやなあ」

「ただ、向こうも、前よりは用心してると思います」

「二度あることは三度あるからなあ。で、山城屋、首尾は」

「谷中の寺に大給松平の浪人、二十数名、集めてございます。西の丸さんが芝居を見て、帰ってきやはる駕籠を待ち伏せして襲う手筈。行きは少々用心しても、なんにもないとわかったら、帰りは気ぃも抜けてます。お濠端まで戻ってきて、さあ一安心というところを二十人余りの手勢で攻めます」

「またかまいたちが出てくるやろ」

雅楽頭は意気込んで、

「さよう。わが手勢も二十名ほど出しましょう」

「ウタさん、それは心強いなあ。相手は西の丸、そのお供、それにかまいたち。かまいたちがなんぼ強うても、大給の二十名、ウタさんの二十名。まあ、なんとかなるやろ」

思案する朱雀小路。

「そうやなあ。まずウタさんは高見の見物。大給の浪人に襲わせよ」

「しかし、大納言様。われらとて、西の丸様に一太刀」

「そうやない。相手はかまいたちやぞ。それに、どこに警護が忍んでるかもしれん。

大給の二十余人が万が一失敗したら、そこをウタさんの手勢がどっと襲うんや。疲れてる西の丸の護りを一気に倒して、道楽息子を始末する」

「はい」

「そのときは、このわしもひと肌脱ごうやないか」

「大納言様がですか」

「わしはこう見えて、迦楼羅《かるら》流の使い手やぞ」

「迦楼羅流とは」

いきなり立ち上がり、舞い踊る朱雀小路。

「鞍馬の京八流に神楽舞の所作を取り入れた流派や」

ぽかんと口をあけて朱雀小路の舞う姿を見ている山城屋と雅楽頭。ひょいと優雅に座る朱雀小路。

「それからなあ。反対に大給が西の丸を討ち取ったら、そのときは」

朱雀小路卿はにやりと笑う。

「ウタさんの手勢が大給の浪人を皆殺しにする」

「大給をですか」

「どうや。どっちになっても、大給松平のもと家臣が西の丸を弑逆《しいぎゃく》したことになるやろ。その後ろにいてるのが田安中将。甥《おい》を殺してまで次の将軍職を狙うやなんて人でなし。ここで将軍と田安の小競り合いになって、共倒れ」

「へっへっへ、大納言様、ええお考えどすなあ。戦《いくさ》になったとこへ薩摩の軍勢、江戸は火ぃの海」

「山城屋、それこそおまえの思う壺やな」


ああ、いやだよう。死にたくないよう。

三助は頭を抱えている。

抜き身を手にした又兵衛に言われたのだ。

「おまえの命、わしに預けてくれ」

まさか酒は飲んでいないだろうが、大殿のあの目は尋常ではなかった。

いやだと言ったら、その場で、かまいたち、首と胴とが別々になっていたかもしれない。

「命を預けるとは、どのようなことでございましょうか」

恐る恐る聞いてみた。そして、背筋が凍りついた。

近々、西の丸の将軍家お世継ぎが葺屋町の市村座で芝居をごらんになる。その帰り道に曲者が待ち伏せして、西の丸様を狙う。

西の丸様の駕籠脇には大殿と番町の殿様が護りを固める。駕籠かきの二人も実は剣のできる武士。

それ以外にも、見え隠れにご警護の者がついている。滅多なことでは、西の丸様に手出しはできない。

が、万が一、西の丸様が討たれれば、天下の一大事。江戸の町の平穏はたちまち崩れ去る。

そこで、おまえに頼みがある。

「西の丸様が芝居を見終わり、茶屋でご休息なさるそのとき、おまえに西の丸様と入れ替わってほしい」

「入れ替わるとは、どういうことでございますか」

「おまえに西の丸様になってもらいたい」

西の丸大納言様はどちらかというと小柄なお方。

「おまえを見て、はっとした。実によく似ている」

似てるわけないよ。高貴な将軍家お世継ぎ様とこの俺が。生まれも育ちもまるで違うじゃないか。全然似てないよ。

「天下のため、どうかわしにおまえの命を預けてくれ」

そう大殿様は頭を下げられた。

「わしからも頼む」

番町の殿様までがこの俺に頭を下げられた。

断れないよう。

「決して、おまえを危ない目には遭わせない。おまえを従二位権大納言徳川家治卿と思い、命を懸けておまえを護る」

そこまで言われたら、首を縦に振るしかなかった。

「万が一、おまえが死んだら、徳川のため、天下のために命を捨てたことになる。これほど誉れ高い死はないぞ」

いやだ。やっぱり死にたくないよう。

「いやあ、いったいどこへ消えちまったんでしょうね。山城屋のやつ」

友蔵が悔しそうに言う。

「おまえが逃がしたんじゃないか」

「まったく逃げ足の速い野郎だ」

相変わらず、良庵は長火鉢の前で煙管をすぱすぱ。

「それで、京橋の店には町方の手が入ったんだろ」

「ええ、主人は姿を消したんですが、奉公人はだれも行方を知らないってんです。いろいろと探しまわったんですが、悪事の証拠らしいものは出てきません」

「鶴屋はどうなんだい。河豚の一件は」

「二年前に河豚をさばいたのが、腕のいい料理人なんですが、そいつも行方がわからず」

「いっしょに河豚を食った酒屋の主人たちは」

「そりゃもう、知らぬ存ぜぬです」

「じゃあ、明け方に息を吹き返した近江屋作兵衛の口に山城屋が毒の肝を押し込んだというのは、作之助が本人から聞いた話だけか。これはちょっと難しい」

「せめて妾のお絹が生きてたら、なにもかも白状するんでしょうがねえ」

「死人に口なしだな。近江屋にも手が入ったんだろ」

「もと番頭の徳三、こいつは案外だらしなくて、山城屋の後押しで近江屋の婿に納まったことは認めました。が、主人を殺したわけでもありません」

「後添いのおかみさん、お熊といったな。これは主人殺しに関わったのかい」

「いいえ、だけど、ひどい婆あですよ。娘のお竹といっしょになって、亭主が死んだとたん、湯水のように金を使う。芝居が好きで、娘とふたり、役者に入れあげる。好きな三文役者をつれて、料理茶屋で金を撒く。芳町《よしちょう》あたりで男を買う。ご内証は火の車。お調べでそのことがわかったとたん、徳三がまたぺらぺらとしゃべりました。せっかく主人になったのに、これだけの大店が女ふたりのために借金まみれ、よほど腹にすえかねたのか。若旦那の作之助を上方に追いやって、死んだことにしたそのいきさつを」

「若旦那が生きてるのに、死んだことにして店を乗っ取ったわけだ」

「どういうお裁きになるかはわかりませんが、近江屋は潰《つぶ》れましょうね」

「作之助はどうしてる」

「目の前で恋女房が死んだんです。毒婦だったかもしれないが、最期はちと哀れでしたねえ。作之助はまた、二吉で働きはじめましたよ」

「それなら安心だ」

ふたりで茶を飲んでいると、表で声。

「ごめん」

良庵はにやり。

「あ、あの声はご隠居だな」

「おや、なんでしょうね」

「ご隠居、どうぞ、お入りください」

又兵衛、ひとりで入ってくる。

「これは、ご隠居様。今日はおひとりですかな」

「うむ、良庵。先日は手数をかけたのう。おお、友蔵もいっしょか。ちょうどよい」

ささっと長火鉢の前に進む又兵衛に、友蔵がさっと座布団を差し出す。

「今日は、ちと頼みがあってのう」

「ほう、わたしで役に立ちますことなら」

「良庵、それに友蔵、これからわしの申すこと、決して他言無用、そのつもりで聞いてほしい」

「承知いたしました」

ふたりは頭を下げる。

「実はこのたび、大切なお役目を仰せつかった。西の丸のお世継ぎ、大納言様の警護じゃ」

「おお、それはまた」

「とは申しても、陰のご奉公ゆえ、知られてはならぬ」

「はい」

「三日後に、大納言様がお忍びで葺屋町の市村座において、芝居をご見物なさる」

「ほう」

「わしの役目はお城より行き帰りの大納言様をお護りすること。だが、おそらく、これをなにものかが襲うであろう。行きは明るいゆえ、まず、だれであろうとわしが斬り捨てる。が、帰りは闇夜。そこで帰路は身代わりを立てることにした」

「なんと」

「三助が天下のため、快く引き受けてくれたのじゃ」

「ほんとですかあ」

息を飲む友蔵。

「大納言様は小柄で痩せておられる。三助の顔つき、どことなく大納言様に似ておるのじゃ」

「へぇえ、三ちゃんとお世継ぎ様が」

「芝居のあと、茶屋で大納言様と三助をすり替える。大納言様は若侍の体《てい》。大納言様のお召し物と同じものを用意し、お妙が三助を着替えさせる」

「お妙さんが」

「最近、めきめきと剣の腕をあげておる。このたびも女だてらにいっしょに警護に加わりたいと申したほどじゃ」

「それは危ないなあ」

「並みの侍ならば、お妙のほうが上かもしれぬ。が、刺客《しかく》はおそらく手練れぞろい、わしとて、生き残れるかどうか。が、命に代えても大納言様を護らねば」

「では、お妙さんは」

「三助を着替えさせ、頭も結い直させる。大納言様は茶屋を出るときには頭巾をかぶっておられるゆえ、髷の違いまではわからぬが、万が一のこともあるのでな」

「西の丸様はそこから」

「うむ。町人の身なりに着替えていただき、頬被り。おまえたちに頼みたいのは、町人姿の大納言様を、小川町の田沼主殿頭殿の屋敷までお連れしてほしいのじゃ」

「田沼の屋敷ですか」

「あとは主殿頭殿が、万事心得ておられる」

「わかりました。お引き受けいたします」

と言って良庵、いきなり煙管を火鉢に叩きつける。

「あっ、そういうことか」

突然叫んだ良庵に、驚く又兵衛。

「どうしたのじゃ」

「いえね。たった今、わかったんですよ。かまいたちの正体が」

「なにっ」

「西の丸様がお忍びで芝居見物。それは、今回はじめてのことではありますまい。以前にも芝居を見ておられるはずだ。先日、ご隠居が芝居小屋で、婿殿と鉢合わせなされましたな。婿殿は西の丸にお勤め。ひとりで見ていたのではない。連れがいた。その連れこそが、西の丸のお世継ぎ様」

「へえええっ」

友蔵が声をあげる。

「婿殿はたしか、あまり剣術がお得意でないと聞いております。その婿殿が西の丸様とふたりで帰る。あまりに危ない。そこでご隠居がいっしょについていった。ちょうど鍛冶橋のあたりで、刺客が襲い、ご隠居がそれを成敗なされた。そういえば、ご隠居が芝居をご覧なされたのと、かまいたちが出たのと、ちょうど同じ頃だ」

「へえええっ」

再び叫ぶ友蔵。

「曲者を成敗し、西の丸様をお護りした、その功によって、このたび、西の丸様の警護を仰せつかった。再び敵が襲うかもしれない。今度はさらに強敵。だからこそ、三助さんを身代わりに。そんなところではありませんか」

「うーん」

唸る又兵衛。

「どうです、ご隠居様。あなたがかまいたちの正体ですよね」

「良庵、いつもながら鋭いのう。おぬしにはなにも隠し事ができんわい」

五

ふたりの武士が鍛冶橋御門を出て橋を渡る。ひとりは小柄で痩せており、頭巾で顔を覆っている。

一丁の町駕籠が止まっており、駕籠の脇には石倉又兵衛が周囲に気を配りながら、ふたりを迎える。

「又兵衛、大儀じゃ」

頭巾の武士、大納言家治卿が言う。

「はは、どうぞ、お駕籠へ」

家治卿が乗り込むと、屈強の駕籠かきが担ぐ。

「父上」

源之丞が軽く会釈。

「うむ」

駕籠は濠にそって北上し、一石橋《いっこく》を渡ると、今度は日本橋川にそって、魚河岸を通り、照降町《てりふりちょう》を抜け、芳町を通って、芝居町の万字屋へ。

茶屋で休息ののち、番頭に案内され、家治卿を挟むようにして、又兵衛、源之丞は市村座の桟敷へ。

家治卿はことのほか満足されている様子。いつもは芝居に夢中の又兵衛と源之丞はともに気もそぞろである。

武士が芝居小屋に入る場合、物騒な大小は茶屋に預けるのが暗黙の決まりだが、今度ばかりは目立たぬように脇差を身に帯びている。

舞台では清盛と手に手をとって、鐘のなかへと消えゆく白拍子。

平家物語と三国志と道成寺を合わせたような派手な趣向ではあるが、とても芝居を楽しむ気にはなれない。

早く終われと願うばかり。

ようやく芝居が終わり、茶屋へと戻る。

用意の座敷では三助とお妙が、畳にはいつくばって家治卿を迎える。三助はすでに若武者姿に着替えている。

「大納言様、わたくしの小者、三助めにございます。身分いやしき者ながら、大納言様の影武者を務めまする」

それを見た家治卿、驚く。

「おお、よく似ておる。まるで鏡を見るようじゃ」

「ははあ」

「では、大納言様、そちらでお召し物をお取り替えくださりませ」

「ふふ、面白い趣向じゃのう」

又兵衛の指図で、良庵と友蔵が家治卿を隣室へと導く。

ふと見ると、三助の髷《まげ》がまだ小者のままである。

「お妙」

「はい」

「三助の頭はどうしたのじゃ」

「はい、頭巾をかぶりますれば、大事ないかと」

「いかん。どんな些細《ささい》なことで見破られるやもしれぬ。そうなると取り返しがつかぬぞ。髷を結い直すのじゃ」

「ははあ」

お妙は泣きべその三助と次の間へ。

「大納言様。ご用意はいかがでございまする」

すっと隣室から現れた頬被りの家治卿。貧しい町人の身なりでうれしそうに頷く。

「どうじゃ。わしも役者になれそうかのう」

「なにをおおせられます。良庵、友蔵。われらが出立《しゅったつ》したのち、間をおいて、ここを出るのじゃぞ」

「承知いたしました」

「これ、三助、支度はまだか」

すうっと襖が開いて、頭巾の三助。馬子《まご》にも衣装か、りりしい若武者に見える。

「上出来じゃ。では、そろそろまいろう。三助、これよりのちはなにもしゃべってはならぬぞ。姿かたちは大納言様に似たれども、お言葉まで似せられぬ」

無言で頷く三助。

又兵衛と源之丞に挟まれて、家治卿の影武者は駕籠に乗る。

外は闇夜である。

駕籠先に提灯。

屈強の駕籠かきが昼間に来た道を速足で引き返していく。

芳町から照降町、日本橋の魚河岸、一石橋を渡ると濠端、呉服《ごふく》橋のあたりを通り過ぎたとき、数人の男が立ちはだかり、道をさえぎった。

「出たな」

又兵衛の合図で駕籠を止める駕籠かき。このまま突っ切るのは却《かえ》って危ない。この場にとどまり、敵を迎え討つ。

又兵衛は周囲に目を凝らす。闇夜ではあるが、前後に気配がする。

「よいか、源之丞、駕籠から離れるでないぞ」

「ははっ。父上、ひとりは手取りに」

「心得た」

又兵衛は静かに拝領の刀を抜く。源之丞とふたりの駕籠かきも刀を抜く。

駕籠を護るのはわずか四人。

「きええい」

闇の中から斬りかかって来る刺客。

「えい」

又兵衛は刺客を斬り捨て討って出る。先日、酔ってつむじ風になった興奮がよみがえり、体がひとりでに動きだす。

闇の中で敵のひとりの脾腹《ひばら》を柄頭《つかがしら》で突いて気絶させ、あとは当たるをさいわい、拝領の剣が近づく者どもを斬り裂く。すぱっとまるで大根でも斬るような手応えで、相手が倒れている。

が、敵の数は多い。気配では二十名はいるだろう。又兵衛が斬って斬って斬り結ぶ間にも、他の敵が光に群がる蛾《が》のごとく、提灯の灯りめざして駕籠に迫る。

無力な源之丞と、駕籠かきふたり、それで護りきれるだろうか。

「ううっ」

駕籠かきの武士が敵の何人かを討ち取ったあげく、ひとりが斬られた。三助が危ない。

又兵衛は駕籠の脇に駆け戻り、近寄る者たちを斬ってゆく。

そのときである。

呉服橋のほうから、松明《たいまつ》が近づき、声があがる。

「ご助勢つかまつる。われら主殿頭の手の者でござる」

いくつかの松明で明るくなった周囲で斬り合いが始まった。

「かたじけない。ご助勢の方々、お駕籠に近づきめさるな。敵味方の区別がつかぬ。近づく者はすべて斬り捨てる」

「承知いたした」

又兵衛と源之丞と残った駕籠かき。三人で駕籠を固め、近づく者は斬る。

その周りで、剣を交える刺客一味と主殿頭の手勢。

泰平の世に生まれ、剣と剣で命のやりとりをする。敵も味方も立派な武士だ。これこそが戦なのだ。

「おうっ」

やがて、田沼の手勢が雄たけびをあげる。

「敵はみな、討ち取りましたぞ」

その手勢も幾人かは斬られ、数名のみ。

又兵衛は駕籠かきに言う。

「そこもとは」

「拙者、金子重蔵《かねこじゅうぞう》。倒れたは村上平助《むらかみへいすけ》」

「金子殿。村上殿には残念であった」

「なあに、大納言様をお護りして、本望でありましょう。あ、大納言様はご無事でござろうか」

駕籠から出てくる偽大納言に、田沼の家臣一同が恭《うやうや》しく頭を下げる。

そのとき、闇の奥から不気味な笑い声が響く。

「ほっほっほっほ」

烏帽子《えぼし》に狩衣の優男《やさおとこ》、大納言朱雀小路卿が松明の光に浮かび上がった。

「高みの見物はこれまでや」

「なにやつっ」

「こら、無礼者め。わしは、その駕籠のお人とおんなじ、大納言やぞ。頭が高い。というたところで通じひんな。残るはそっちの大納言を入れても八人か。みんな疲れてるやろ。ふっふ。さあ、みなのもの、出ておじゃれ」

闇の中から新手《あらて》の武者が二十名ほど現れる。

唸る又兵衛。

「またしても。おのおの方、油断めさるな。源之丞、死ぬ覚悟はよいな」

「父上、おまかせくだされ」

たたっと左右から駆け寄る敵。

陣風のごとく又兵衛の剣が宙で回転したかと思うと、どっと敵のふたりが倒れていた。

「行くぞ」

敵陣に一気に駆け寄る又兵衛。あっという間に数名の敵を斬り裂く。

「さすがに拝領のかまいたち、よく切れるわい」

「おのれっ」

又兵衛を囲む敵陣。

「ちょっと待て」

朱雀小路が声をかける。

「なるほど、これが噂のかまいたちやな。相手にしてたら、こっちはみんなやられてしまうわ。おまえらは駕籠を。あっちの大納言を討ち取ったもんには、相当の官位を与える」

武士たちは又兵衛から離れて駕籠に向かう。

又兵衛は狩衣の公家に駆け寄り、たあっと打ち下ろす。

さっとかわす朱雀小路。

「ほっほっほ。なかなかやるやないか」

腰の太刀をすらりと抜いて、

「都ではそんな武骨な剣法は流行《はや》らへん」

優雅な舞いを舞うごとく太刀をふるう。

「見たか。これぞ都の迦楼羅流」

「うっ」

斬り結ぶうち、細身の切っ先が又兵衛の肩をかすった。

「今度は首を落とそうかいなあ」

又兵衛の鋭い太刀筋をひらりひらりと難なくかわし、にやにや笑う朱雀小路。

駕籠の周りでは味方が苦戦。田沼の手勢が次々に斬られている。

「いかん」

又兵衛は駕籠まで駆け戻り、背後から敵を斬り捨てる。

替え玉を護るは源之丞、金子、あとは田沼の手勢がひとりのみとなった。

敵は朱雀小路とあと四名。

「ふっふっふっふ、五人と五人。さあ、かまいたち、わしと勝負や。おまえが負けたらそっちは四人、あ、死人の洒落《しゃれ》やなあ」

又兵衛、ゆっくりと大上段に構え、動きを止める。

「これは」

首をひねる朱雀小路。

「なんの真似や」

しばし向き合い不動のふたり。

木石のごとく動きを止めた又兵衛にしびれをきらした朱雀小路が、えいっと斬りかかったその刹那《せつな》、拝領の剣が打ち下ろされた。

頭から唐竹割《からたけわ》り、にやにや笑ったまま真っ二つになる朱雀小路。

「見たか、公家悪《くげあく》。不動の薪《まき》割り剣法を」

駕籠の周りでは敵が田沼の手勢をまたひとり斬り、そのまま替え玉に向かう。阻止する源之丞。が隙が出て、もうひとりの敵が替え玉に斬りかかる。

危ないっ。

駆け寄る又兵衛。

替え玉の偽大納言がさっと抜いた剣が敵の胴を払い、血しぶきが飛ぶ。

源之丞と打ち合う最後のひとりを又兵衛が斬り捨てる。

「三助」

又兵衛は駆け寄る。

「おまえ、大丈夫か。いつ剣を」

替え玉の偽大納言が頭巾を取る。いや、三助ではなかった。そこには美しい女の顔が。

「お妙、おまえだったのか」

「申し訳ございません。髷を結い直そうとしたら、三助さんが怖い怖いと泣いて、思うように腰が立たず、いくらなんでもこれでは見破られる。そう思い、とっさに着替えて、わたくしが身代わりに」

「三助、腑抜けめが」

又兵衛は吐き捨てる。

そのとき、累々《るいるい》たる死骸の中から、敵のひとりが起き上がり、腹を切ろうとする。

又兵衛は素早く駆け寄り、脇差を叩き落とす。

「武士の情けでござる。死なせてくだされ」

「ならぬ。貴様、なにものじゃ」

観念した武士が肩を落とす。

「拙者、もと大給松平家の浪人、佐伯主水介。このたびのこと、亡き先代、左近将監の無念を晴らすため。西の丸様を討ちもらしたは重ね重ね無念でござる」

田沼の家臣、金子重蔵が素早く佐伯に縄をかける。

「石倉殿。この者は大事な生き証人、なれど、大納言様お忍びのこと、世間に知れてはまずうござるゆえ、わが主殿頭で、お預かりいたそうと存ずるが、いかが」

「うむ。お任せいたす。決して死なせてはなりませんぞ。さあ、騒ぎになる前にわれらも退散いたそう」


翌朝、お濠端の多数の死骸で町は騒然となるが、月番の南町奉行所が速やかに検視を行い、死骸を引き取った。

大納言家治卿は、田沼主殿頭によって無事に西の丸に送られた。

家治卿の身代わりを土壇場《どたんば》でお妙と入れ替わった三助は、又兵衛からこっぴどく叱られたが、お妙のとりなしで、許された。


江戸の町は師走《しわす》を迎え、どこもあわただしい。

小川町の田沼屋敷には早くも商人たちが歳暮《せいぼ》回りに進物《しんもつ》を携え日参する。

「ええ、お頼み申します。以前、江戸の酒の冥加金のことで主殿頭様に大変にお世話になりました山城屋でございます」

山城屋清兵衛は供もなく、ずっしりと重い菓子箱を自ら手にしている。

「入れ」

門番に言われて中に入る。

にこやかな顔の用人が迎える。

「おう、山城屋か。殿はご在宅じゃ。庭に回るがよいぞ」

「ありがとう存じます」

若党に従って庭先へと進む清兵衛に、後ろから声がかかる。

「山城屋」

振り返ると、そこに佐伯主水介が立っている。

「おお、佐伯様。これは、これは」

「久しいのう」

「佐伯様こそ、お変わりなく」

と言いながら、山城屋の顔が青ざめる。

「どうした。まるで幽霊を見るような顔をして」

「いいえ、その節は、どうも失礼をいたしました。しかしまた、なにゆえに佐伯様がこちらに」

「話せば長いことながら、主殿頭様は話のわかるお方でのう。わしが例のこと、洗いざらい申し上げたら、謀反にも等しい企てながら、主君の無念を晴らさんとの志、天晴《あっぱ》れなりと仰せられ、もと左近将監の江戸家老ならば、家臣というよりも客分として当家に留まるがよいとのお言葉、ありがたくお受けいたした」

「さようでございますか。それはおめでとうございます」

「山城屋、あの折、主殿頭様を悪《あ》しざまに申しておったおまえが、なにゆえここにおるのか、わしにはそれが解《げ》せぬが」

山城屋はぺこぺこと頭を下げる。

「いえいえ、商人と申しますのは、世の中がどちらに転んでも起き上がる工夫が大事。主殿頭様には以前、江戸で造る酒に多額の冥加金《みようがきん》を課するようにと、お願いにあがり、ご承認いただいたご恩がございます」

「ほう、そのようなことがのう」

「はい、わたくし、上方にはきっぱりと見切りをつけました。これからは江戸がますます栄える時代。主殿頭様にお目通りして、ぜひとも佐伯様のご出世にあやかりたいものでございます」

「それは、よい心がけじゃ」

「商いには変わり身がなにより大事でございますので」

「だがな、山城屋。殿はそのほうにはお会いなされぬぞ」

「なぜでございますか、今、庭先に回れと言われましたが」

「うん、そのわけは」

いきなり抜刀して、山城屋を斬る佐伯主水介。

「ううっ」

山城屋は宙をつかんで息絶える。

「そのわけは、おまえがすでに死んでいるからだ。裏切り者めが」

壊れた菓子箱から山吹色の小判が散らばっている。

「いやあ、これはこれは、ご隠居様。今日はみなさん、おそろいですな」

良庵の診療所を訪れた又兵衛に三助とお妙が従っている。

「さあ、みなさん、どうぞおあがりください」

又兵衛は頭を下げる。

「その節は、世話になった。良庵殿、礼を申すぞ」

「いえいえ、わたしなんぞ、たいしたことはしておりません。あのお方をあのお屋敷までお連れ申しただけのこと」

「この計略、どこで洩れて、入れ替わったご本人が狙われるやもしれぬ。お主は医者ながら、相当の使い手、しかもだれよりも信じられる。そこを見込んでの頼みであった」

「そんな、買いかぶられては困りますなあ」

手にした角樽《つのだる》を三助が恭しく差し出す。

「良庵、受け取ってくれ。わしは下戸じゃが、そのほう、酒と煙草は欠かせぬと申しておったな」

「おお、これはありがたい」

良庵は三助から角樽を受け取る。

「ですが、ご隠居。すり替えとは、思い切った策でございましたなあ。みなさん、こうしてご無事なればこそ、笑い話にもなりましょうが、ひとつ間違えば、三助さんの命はなかった」

又兵衛は苦笑する。

「いや、いずれにせよ、三助は死んではおらぬ」

「それはまた、どういう」

三助は面目なさそうに首をすくめる。

「茶屋で大納言様と三助を入れ替える際、三助め、あまりの恐ろしさに腰が立たず」

「ほう」

「これではすぐに見破られる。とっさにその場でお妙が身代わりになったのじゃ」

驚く良庵。

「なんと。では、あの駕籠に乗った頭巾の大納言様はお妙殿であったか」

お妙はうつむいた。

「しかも、このお妙、最後の最後で、敵をひとり斬りおった」

「へええ、お妙さんが。可愛い顔して、女は怖いなあ」

恥ずかしそうに袖で顔を隠すお妙。

「日頃、鍛えただけの甲斐があったと申すもの。男顔負け、立派な女剣士じゃ」

「大殿様、おやめくださいませ。お恥ずかしゅうございます」

「はっはっは、そうじゃな。三助よ。おまえもお妙を見習い、少しは剣術の稽古をしたらどうじゃ」

三助は泣きべそで、

「それぱっかりはご容赦を」

「ときに友蔵はどうしておる」

「はい、例の近江屋のもと番頭の作兵衛、お熊、お竹の親子、この三人がお調べで、お互いの悪事を言い立てて、いろいろと露見、江戸払いとなりましたので、友蔵は町方の御用に従って千住まで行っております」

「では、近江屋は潰れたのじゃな」

「先代が死んだあとは、商売も左前でございました」

又兵衛は頷く。

「さようか。道楽息子の作之助はどうしておる」

「あれなら、大丈夫です。居酒屋の二吉親子に気に入られ、今度、娘のお松といっしょになるらしい」

「へええっ」

三助が声をあげる。

「お松ちゃん、てっきり友ちゃんに気があると思ってたんだがなあ」

「うん、友蔵も口には出さないものの、お松を憎からず思っていたらしい。今度のことでは、自分が取り持ったようなもんだろ。すっかり気落ちしていたよ。帰ってきたら、この酒を飲ませてやろう」

「だがな、良庵」

又兵衛が重々しく言う。

「友蔵に言ってやるがよい。やけ酒は、ほどほどにせよと」


二年後の宝暦八年（一七五八）、京の公家が多数処分される。宝暦六年に国学者竹内式部《たけのうちしきぶ》が大義名分論を桃園《ももぞの》天皇へ進講。大義名分論は帝の臣下が守るべき道を説いたもので、臣下である征夷大将軍の専制と幕府による朝廷支配を暗に批判していた。竹内式部を推挙した帝の近習、大納言徳大寺公城《とくだいじきんむら》をはじめとする七名の公家が追放となり、さらに関連して多くの公家が罷免、謹慎など処分を受ける。これを竹内式部一件、または宝暦事件という。

西の丸の徳川家治は宝暦十年、二十四歳で無事に将軍となる。田沼主殿頭意次は家重、家治二代にわたって信任厚く、出世街道を昇りつめた。

時代小説

二見時代小説文庫

将軍家《しょうぐんけ》の妖刀《ようとう》 小言又兵衛《こごとまたべえ》 天下無敵《てんかむてき》2

著者 飯島一次《いいじまかずつぐ》

発行所 株式会社 二見書房
東京都千代田区神田三崎町二－一八－一一
電話 〇三－三五一五－二三一一［営業］
〇三－三五一五－二三一三［編集］
振替 〇〇一七〇－四－二六三九

印刷 株式会社 堀内印刷所
製本 株式会社 村上製本所

落丁・乱丁本はお取り替えいたします。
定価は、カバーに表示してあります。

 ISBN978－4－576－18148－6
http://www.futami.co.jp/

小杉健治

栄次郎江戸暦 シリーズ

田宮流抜刀術の達人で三味線の名手、矢内栄次郎が闇を裂く！吉川英治賞作家が贈る人気シリーズ

以下続刊

① 栄次郎江戸暦 浮世唄三味線侍
② 間合い
③ 見切り
④ 残心
⑤ なみだ旅
⑥ 春情の剣
⑦ 神田川斬殺始末
⑧ 明烏《あけがらす》の女
⑨ 火盗改めの辻
⑩ 大川端密会宿

⑪ 秘剣 音無し
⑫ 永代橋哀歌
⑬ 老剣客
⑭ 空蝉《うつせみ》の刻《とき》
⑮ 涙雨の刻《とき》
⑯ 闇仕合（上）
⑰ 闇仕合（下）
⑱ 微笑み返し
⑲ 影なき刺客
⑳ 辻斬りの始末

氷月 葵

御庭番の二代目 シリーズ

将軍直属の「御庭番」宮地家の若き二代目加門。
盟友と合力して江戸に降りかかる闇と闘う！

以下続刊

①将軍の跡継ぎ
②藩主の乱
③上様の笠
④首狙い
⑤老中の深謀
⑥御落胤の槍
⑦新しき将軍
⑧十万石の新大名

婿殿は山同心

完結

①世直し隠し剣
②首吊り志願
③けんか大名

公事宿 裏始末

完結

①公事《くじ》宿《やど》 裏始末 火車廻る
②公事宿 裏始末 気炎立つ
③公事宿 裏始末 濡れ衣奉行
④公事宿 裏始末 孤月の剣
⑤公事宿 裏始末 追っ手討ち

麻倉一矢
剣客大名
柳生俊平
将軍の影目付

早見俊

居眠り同心 影御用 シリーズ

以下続刊

閑職に飛ばされた凄腕の元筆頭同心「居眠り番」蔵間源之助に舞い降りる影御用とは…!?

① 居眠り同心 影御用 源之助 人助け帖
② 朝顔の姫
③ 与力の娘
④ 犬侍の嫁
⑤ 草笛が啼《な》く
⑥ 同心の妹
⑦ 殿さまの貌《かお》
⑧ 信念の人
⑨ 惑いの剣
⑩ 青嵐《せいらん》を斬る
⑪ 風神狩り
⑫ 嵐の予兆
⑬ 七福神斬り
⑭ 名門斬り
⑮ 闇の狐狩り
⑯ 悪手《あくしゅ》斬り
⑰ 無法許さじ
⑱ 十万石を蹴る
⑲ 闇への誘い
⑳ 流麗の刺客
㉑ 虚構斬り
㉒ 春風の軍師
㉓ 炎剣《えんけん》が奔《はし》る
㉔㉕ 野望の埋火《うずみび》（上・下）
㉖ 幻の赦免船
㉗ 双面《ふたおもて》の旗本